राज़दां

प्राचीन रहस्यों का सूज खोलना

असफिया तस्नीम

BlueRose ONE.com
Stories Matter
NewDelhi • London

BLUEROSE PUBLISHERS
India | U.K.

Copyright © Asfiya Tasneem 2024

All rights reserved by author. No part of this publication may be reproduced, stored in a retrieval system or transmitted in any form or by any means, electronic, mechanical, photocopying, recording or otherwise, without the prior permission of the author. Although every precaution has been taken to verify the accuracy of the information contained herein, the publisher assumes no responsibility for any errors or omissions. No liability is assumed for damages that may result from the use of information contained within.

BlueRose Publishers takes no responsibility for any damages, losses, or liabilities that may arise from the use or misuse of the information, products, or services provided in this publication.

For permissions requests or inquiries regarding this publication, please contact:

BLUEROSE PUBLISHERS
www.BlueRoseONE.com
info@bluerosepublishers.com
+91 8882 898 898
+4407342408967

ISBN: 978-93-5819-682-5

Cover Design: Sadhna Kumari
Typesetting: Pooja Sharma

First Edition: August 2024

राज़दां

अनुक्रमणिका

गुनाह 1

वचन 8

भटकती आत्मा 15

प्रेम और पछतावा 20

रास्ते का कांटा 27

व्यापार का कांटा 34

दसवीं पास 46

विश्वास 52

गुनाह

माहरुख तू कितनी खूबसूरत लग रही है माशाल्लाह! वल्लाह नजर ना लगे किसी की ये इतनी खूबसूरत वेसे ही थी और इसे अच्छे से सजाकर तुम लोगों ने और भी चार चांद लगा दिया है, मेरी प्यारी बेटी बिलकुल परी लग रही है जैसे कोई परी उतरी हो आसमान से।

अरे अरे इतनी भी तारीफ मत करो आप क्यों कि माही का तो ठीक है पर दूल्हे को देखकर तो आप होश संभाल लेना , वो भी इतना ही खूबसूरत हैं कसम मेरे हस्ती की मस्ती नही करती मैं !

" रहने दे " रब्बो तू न, मेरे दामाद को नज़र मत

लगा, जा जाकर काम में हाथ बटा,

हां हां क्यों नहीं साहेबा बेगम।

(रब्बो मालकिन की बातों का जल्दी से रिप्लाई देते हुए कहती है)

माही दुल्हन के जोड़े में सजावट के फूल की तरह बेड पर बैठी हुई थी, आखिर दुनिया के सबसे हसीन पलों में से एक शादी का पल जिसमे हसीनाएं हुस्न की तौहीन होती हैं, मुस्कान की लहर होती है और आसमान की चमक होती हैं उस समय माही की शादी की प्रसन्नता उदासी में क्यों बदल गई थी।

आखिर माही के साथ ऐसा क्यूं हुआ, इतने बड़े खानदान से संबंधित होने के बाद भी अपनी खुशियों को सुलाकर क्यों बैठी थी।

क्यो कि वह करती भी तो क्या बेचारी एक तरफ था उसका प्यार और दूसरी तरफ था उसका भाई इमरान।

(रब्बो खुदसे बाते करते हुए फिर कहती है) मेरा तो दिल करता है जाऊं और जाकर फरू को राशिद के साथ फरार कर दूं पर सच बताऊं नौकरानी होने के नाते कसम मेरे हस्ती की मस्ती नही करती मैं।

तभी रब्बो के कान को अचानक एक आश्चर्य में डाल देने वाली स्वर आती है , जिस स्वर का नाम था विवाह और विदाई।

माही अपने विवाह के विदाई के दिन अपने कोख

में एक राज छिपाकर बैठी थी, उसका और राशिद का बच्चा।

कहते हैं प्रेम ईश्वर का वरदान है पर लोगों के लिए

माही ने प्रेम किया क्या गुनाह किया था!

जो माही इस समाज और उसके अपनो के लिए एक गुनाह कर बैठी थी, ये गुनाह मिट्टी के नीचे ऐसे दफनाया गया था जो माही के सांसों के साथ ही राज बन गया और ये राज जानने वाला हर व्यक्ति उसका राजदा बन गया!

शादी की डोली उठ रही थी लोग विवाह के रस्मों का पालन करते हुए बारातियों के पीछे वाली डोली में माही को बिठा दिया और माही डोली में बैठी अपने और राशिद के साथ बीते पलों को याद करने लगी की अचानक जब वह सिसकियां भर रो रही थी तभी शादी में उपस्थित हसीनावों और मेहमानों के बीच से कतारों को चीरते हुए एक व्यक्ति नजर आता है जिसे पहले देखकर माही अत्यंत प्रसन्न हो उठी परंतु क्षण भर में उसकी खुशी पानी पानी हो गई क्युकी राशिद को जो पहरादारी में रख कर भेजा गया और राशिद के पीछे दो लोग राशिद के पहरेदार थे ! माही ये सब देख हैरान हो गई कि उसने तो सोचा था कि राशिद ही गद्दार है पर यहां तो पूरी कायनात उसकी दुश्मन बन चुकी थी!

अब वह पूरी तरह हार चुकी थी क्योंकि बहोत ही सुंदर ढंग से उसे सुंदर गुनाहों में बांधा जा रहा था।

कोई जंजीरों में बांधा गया तो कोई गुनाहों से बांधा गया

बयान क्या दूं उसका अस्फिया मैं तुमको,

जो बेकुसूर था वही कुसूर दार ठहराकर मारा गया!

डोली में बैठी सिसक रही माही को अपना वह दिन याद आ गया जब उस दिन माही अपने कॉलेज जाने से पहले रोज़ की तरह राशिद के नाम का श्रृंगार कर के अपने कॉलेज गई थी लेकिन ओ दोनों उस दिन फिर लोगों की नजरों से बचकर एक दूसरे को एक नज़र देखने के लिए कॉलेज के छत पर दोबारा मिले!

ओ दिन जिन खूबसूरत पलों का इंतजार कर रहा था ओ खूबसूरत पल अब आ चुके थे, परंतु दुर्भाग्य पीछा कहां छोड़ने वाली थी!

ओ दोनो कॉलेज के छत पर मिलते ही एक दूसरे के बाहों में ऐसे समाए हुए थे कि उन्होंने ना ही किसी को देखा ना ही कुछ सोचा और ना ही उन्हें किसी चीज की खबर थी ना किसी राज के सूज खुलने का डर था।

वह एक दूसरे से इतना प्रेम करते थे कि वो एक दूसरे में इतना खो गए थे कि किसी भी कीमत पर वह बिछड़ना नहीं चाहते थे , वह अपना प्रेम किसी को समझा भी नही सकते थे समाज के उसूलों के नाम पर घरवाले भी नही मानते थे और वह लोगों की नजरों से बचकर कॉलेज में मिलते रहे जिसके कारण उस दिन भी वह छिपकर मिले थे!

जब माही ने गले मिलते हुए राशिद से कहा, राशिद हम कब तक ऐसे छिप छिपकर मिलेंगे, कोई तो रास्ता होगा जिससे हम दोनों शादी करके अपना फ्यूचर एक साथ बिता सके!

इतना कहते हुए राशिद के बाहों मे माही ने लंबी सांस भरी!

तभी रशीद ने माही के पीठ पर हाथ फिराते हुए कहा आज कैसे - कैसे तो मै तुमसे मिलने आ पाया। ऐसे रोज मिल पाना भी मुश्किल है।

एक तरफ तुम्हारा परिवार था जिनसे मैं तुम्हे दूर नहीं करना चाहता और तुम्हारे परिवार से मैंने तुम्हे मांगकर भी देख लिया तुम्हारे भाई ने ना सिर्फ रिश्ता ठुकराया यहां तक कि

उन्होंने मुझे मारने की भी धमिकी दी है इसलिए मैं बार - बार भी नही बोल सकता। वरना तुम मुसीबतों में पड़ जाओगी, पर अब मैं सिर्फ तुम्हारी वजह से खामोश हूं।

(सेहमी स्वर में कहते हुए राशिद ने भी लंबी सास भरी और फिरसे कसकर माही को बाहों में समेट लिया)।

तभी अचानक वहा पर कॉलेज के कुछ अध्यापक और बच्चे इकट्ठा होगाए।

प्रारंभ में तो सब आखें बड़ी करके बस उन दोनों को देखे जा रहे थे। फिर उनमेस एक अध्यापिका ने तेज स्वर में डांटते हुए कहा। ऐ लड़की तुम्हे रत्ती भर शर्म नहीं इस तरह खुले आम अपने माता पिता की इज्जत उछाल रही हो।

थू थू शर्म नाम की कोई चीज़ नही है इन दोनो में। (वही पर उपस्थित दूसरे अध्यापक ने कहा), हम तुम्हे शिक्षा देते है, क्या हम यही सिखाते है तुम लोगो को ? तभी उन मे से फिर एक अध्यापक ने कहा इसमें हमारी क्या गलती, परवरिश देने वालो ने ही कमी छोड़ी होगी। सभी एक दूसरे के बातों से प्रभावित हुए उन दोनो की ओर इशारा करते हुए कह रहे थे। इतने में कॉलेज के ट्रस्टी की आवाज आती है। हटो, कहां गए वो दोनो। और आज से से तुम दोनो को हमारे कॉलेज से बाहर किया जाता है।

तुम्हारे पेरेंट्स को हमने कॉल कर दिया हैं ।

थोड़ी देर में वो पहुंचते ही होंगे।

फिर ट्रस्टी ने गुस्से से आगे बढ़कर माही और राशिद का हाथ छुड़ाते हुए कहा।

(मगर कहते हैं न मन की दृढ़ता को कोन अलग कर सकता था) लोगो के लिए तो प्रेम करना एक गुनाह था परंतु उनके लिए ये तो एक उपहार था।

एक दुआ थी, एक तमन्ना थी और एक जिद और एक जुनून था। तत्पश्चात दो अध्यापकों ने मिलकर उन्हें अलग किया तभी माही कहती है, सर प्लीज हमें यहां से बिना तमाशा बने जाने दे आप ,सर मैं आपका ये उपकार कभी नहीं भूलूंगी मैं आपके पाव पड़ रही हु। प्लीज़ सर हमारे घर वालो को हमारे बारे में आप ऐसा कुछ मत बताइएगा, एक बार

हमारी शादी होगई तो हम खुद उन्हें सब कुछ बता देंगे। क्युकी अभी तो वो हमारी शादी नही करना चाहते है।

सर आपको शर्मिंदा होने की कोई जरूरत नहीं है। हम आज खुद आपके कॉलेज को हमेशा k liye छोड़ रहे हैं।

(रशीद ने विनती करते हुए कहा)।

माही और राशीद के प्रयास के बाद भी उन मे से किसी ने भी उन पर सहमति न जताई। और ट्रस्टी ने चिल्लाते हुए कहा। अभी के अभी तुम दोनो हमारे कॉलेज से बाहर हो जाओ और फिर भूलकर भी हमे कभी मत दिखना!

(क्या प्रेम में पड़ना गलत था या प्रेम किया है बताना गलत था)

राशिद और माही मन्नतें करने के बाद ही समझ गए थे कि अब अगर ओ यहां से साथ ना भाग पाए तो जीवन भर दुर्भाग्य की बेड़ियों से नही बच पाएंगे!

जैसे ही ट्रस्टी और अध्यापकों की पलक झपकी इतने में वो दोनों वहां से भाग निकले मगर बदनसीबी की बेड़ियों को किसने खोला है?

दो सप्ताह बीत गए उन दोनों का किसी को कोई पता नहीं चला ! पर एक दिन अचानक कहीं से ये खबर आती है कि वह भागी हुई लड़की माही तो अपनी मां को देखने आ रही है, क्युकी उस की मां बहोत बीमार हो गई हैं और उनके भाइयों ने माही से वादा किया कि तू वापिस आ जा , मां के ठीक होने के बाद तू जहां कहेगी जिससे कहेगी शादी कर देंगे!

आज ओ दिन आ गया जब माही अपने मां से मिलने आई थी पर उसे किस्मत और किसी के इरादों का क्या पता था !

उसके घर पहुंचते ही उसके भाइयों ने उसे बड़े प्यार से पास मे बुलाया और कहा।

माही ज़रा एक कप चाय बनाकर देगी क्या?

मां को बाद में मिल लेना, पहले एक चाय बनाके पिला दे!

माही भी चुप रहने वालों में से कहां थी, उसने पलट कर जवाब दिया अगर अम्मा बीमार है तो मै पहले उस से मिलने जाऊंगी फिर बाद में आपको चाय बना के दूंगी!

इतना सुनते ही इमरान गुस्से से लाल पीला हो गया, झट से वह लपक कर माही का हाथ पकड़ कर उसके गालों पे कसकर तमाचा मारा और फिर बोला मैं इस दिन रात के लिए तुम्हें पाल पोसकर बड़ा नहीं किया हूं कि तू मुझसे ज़बान लड़ाए, पहले तो हमारी इज्जत का कचरा बनाकर फुरगुद्दी की तरह उड़ गई, और अब मां का मुंह काला कराने के बाद मां से मिलने के सपने देख रही है, इतना कहते हुए इमरान माही को घसीटते हुए रूम में ले जाकर बंद कर देता है और बाहिर जाकर रूम की कुंडी बंद करते हुए कहता है! सुनो, शफीक तुम अभी जाओ जाकर उस राशिद को उठवा लाओ, और फिर जब तक इसकी डोली ना उठ जाए उसे इसके सामने मत लाना उसे भी काल कोठरी में बंद करदो साले की जब तक गर्मी ना निकल जाए!

तभी इमरान के आदमियों में से किसी एक कामगार ने प्रश्न करते हुए कहा, साहब इसका ब्याह करना है तो बोलो कसम खुदा की एक नंबर रिश्ता आया है एक जगह से लोग जात के तो अहले हदीस मुसलमान थे पर बिरादर खान ही हैं हमारे बराबर के हैं आप बोलो तो हां कह दिया जाए उन्हें !

कांपते हुए होठों से हिम्मत जुटाते हुए उसने इमरान पठान साहब के सामने ये बात रख दी उस कामगार ने तो जवाब आया हां बोल दो उन्हे और शादी का डेट भी पक्का कर दो , इस प्रकार माही के विवाह की तैयारियां चल रही थी और दूसरी ओर माही को ये कहकर विवाह के लिए राज़ी कराया गया कि राशिद एक गद्दार प्रेमी निकला वह तुम्हें अपनी मर्ज़ी से ही छोड़कर गया है और अब वह वापिस कभी नहीं आएगा! वह परलोक चले गए उनका खून से लतपत कुर्ता लाकर माही को दिखाया गया , और माही ने अपने भाई की षडयंत्र में फसकर ये शादी कुबूल कर ली,मगर राशिद को देख कर वह समझ गई कि राशिद को बन्दी बनाया गया था इस लिए वह अभी आए हैं इसका मतलब मुझ से झूठ बोल दिया गया था कि राशिद नहीं रहे, ये भी मेरे भाई की चाल थी राशिद के पीछे तो अभी भी पहरेदारी है इतना सोचते हुए माही बेसुध हो जाती है!

उधर विदाई समारोह के बीच ही माही की मां निशा बेगम की तबियत बहोत खराब हो जाती है जिसके चलते वह इस संसार से विदा ले लेती हैं,और अपनी आखरी सांस में इस दुनिया को छोड़ जाती है परंतु डोली उठने तक इमरान पठान ने अम्मा की मौत की भनक किसी को ना लगने दी और तत्पश्चात माही को इस बात की जानकारी दी परन्तु तब बहोत विलंब हो चुकी थी !

उधर माही का सुहागरात और इधर उसकी मां का मातम कोई ऐसा कैसे कर सकता है, मेरे रब ?

मुझे ये बात बिलकुल भी समझ नहीं आई

(रब्बो चुपचाप सिसकियां भर खुदा से शिकायत करके रो पड़ी थी)

और विवाह के इस भाग दौड़ में एक प्रेम कब एक गुनाह बन गया? किसी को पता ना चला,

और गुनाह करने वाले एक राजदां बन गए!

वचन

कुछ इरादों से बंधा था कुछ वादों से बंधा था,

तेरी मौत को खुद तूने या किसी और ने साधा था।।

जिक्र उसका रह गया जो था ही नही जो था उसका तो बस इरादा था,

किसी को दे गई तू या दान कर गई मेरे जीवन को भरी रहस्मय चीजों से भर गई मेरे जीवन को सच बता क्यों गई तू मुल्क दूसरा अपनाने

जब एक तेरी अपनी थी दूसरा तेरा राजदां था!

जहां विवाह में कुछ क्षण के लिए राशिद को इमरान ने आजाद कर दिया था वहीं दूसरी ओर राशिद कुछ ही क्षण के लिए अफक से मिला जहां वह अपनी महबूबा को किसी और का होता देख सहन ना कर पाया और उसने सबके सामने लपक कर अफक अर्थात माही के होने वाले पति (जिसके साथ माही का निकाह तय हुआ था) का कॉलर पकड़ लिया जिस का क्रोध देख उसके पीछे लगे आदमी जो राशिद की रखवाली मे लगे थे वह झट से आगे बढ़े और राशिद को अपनी ओर खींचने लगे, तभी अफक ने राशिद के कान में धीरे से कहा अगर तुम्हे अपने बच्चे की फिकर है तो माही से दूर रहना इसी मे तुम्हारी भलाई है, वरना मेरे पास खड़े ये सात लंबे चौड़े शूट बूट वाले दिख रहे हैं न तो ये माही और तुम्हारे आने वाले नन्हे बच्चे को कच्चा चबा जायेंगे!

राशिद पहले तो गुस्से से अफक को देखा फिर

अचानक उसने अफक के कान में धीरे से कहा

तुम उस बच्चे को जानते हुए भी कि ओ मेरा बच्चा है क्यूं माही से विवाह करना चाहते हो?

राशिद की बात सुनकर अफक धीरे से फिर बोला जिसके कारण मैं ये शादी कर रहा हूं ओ कारण यही बच्चा तो है और इस बच्चे का चिंता तुम मुझ पर छोड़ दो ये वचन है मेरा! इतना कहकर अफक वहा से चला जाता है! दूर खड़ी रब्बो ये सब सुनकर सोच में पड़ गई कि आखिर ऐसा क्या है जो उस बच्चे से अफक को मिलने वाला था,तत्पश्चात वह विवाह से लेकर अब तक दो साल बीत चुके हैं और वह उसका ये वादा निभा रहा है , फिर कुछ ही समय बीतते हैं कि माही और अफक में एक झगड़ा हो जाता है जिसमें माही अफक पर चिल्लाते हुए कहती है तुमने जान बूझकर मुझसे शादी की ताकि मेरी पूरी संपत्ति तुम को मिल जाए पर अफसोस मैं अपनी प्रॉपर्टी का एक फूटी कौड़ी भी तुम लोगों को नहीं देने वाली हूं मैं जब से तुमसे इस घर में शादी कर के आई हूं तब से तुम्हारे घर वाले हाथ धोके मेरे जान के पीछे पड़ गए हैं अब तक तुम और इस परिवार वालों ने मुझे दुख के सिवा कुछ नहीं दिया है, जब जिसका दिल करता है ओ झट से मुझपर हाथ उठा देता है और चाहते हैं कि मैं अपना (poultry form business)व्यापार तुम लोगो के हाथ में सौंप दूं इस लिए तुम लोगों ने ये फॉर्म हाउस जलाने की कोशिश की , और तो और मेरी मासूम सी बच्ची के जान के दुश्मन हो गए तुम सब!

एक दिन ऐसा आएगा कि तुम सब तुम्हारे ही साजिश में गिरफ्त हो जाओगे!

माही इतना कहकर हाथ में तह किए हुए कपड़े अफक के चेहरे पर फेंक कर चली जाती है!

अफक माही के इस व्यवहार से रोज परिचित होता था परन्तु वह फिर भी माही के बातों पर जरा भी विचार नही करता था और हर समय अपने पत्नी की छोटी - छोटी झगड़े और बातों को लेकर अपने भाइयों के पास जाता उनसे शिकायते करता, तथा अपने भाइयों के सहमति (परमिशन) से ही अपनी जिंदगी के हर फैसले लेता वह माही से कभी कोई भी राय लेने की जरूरत ना समझता था! और इसी कारण अफक के भाई जावेद ने माही के व्यापार में टांग अड़ाने लगा जिसके चलते एक दिन माही हवेली के पुस्तकालय में कुछ किताबें ढूढने गई थी और तभी वहां पर उसे एक पुस्तक दिखती है जिस पर मोटे अक्षरों में लिखा था "व्यापार में सफलता" माही ने झट से उस पुस्तक को उठाकर उसपर

लगी धूल को साफ़ किया और अगले ही क्षण उस पुस्तक को पढ़ने के लिए हवेली के उन चाहार दीवारियों में जाकर बैठ गई,जहां एक परिंदा भी पर नही मार सकता था!

माही ने सोचा था कि ये कोठरी अतिथियों के लिए होती है तो इसमें आज किसी अतिथि के होने की संभावना नहीं है!

वह उठी और कोठरी का दरवाजा खोल करके बैठ गई पर उसे क्या पता था कि वह कोठरी आज उसके लिए काल कोठरी हो जयेगी!

माही पुस्तक पढ़ने में खूब व्यस्थ हो गई थी ये देख उस के देवर अर्थात जिया के चाचा ने झट से घर वालों को एक जलसे में ले जाने की सोच ली। सब नौकर - चाकर जो हवेली में मौजूद थे उन सबको भी एक साथ छुट्टी पर भेज दिया तत्पश्चात वह माही को अकेल देख उस कोठरी में जाकर दरवाजा भीतर से बंद कर लिया और

जैसे ही वह भीतर परवेश हुआ, माही उसे अचानक कोठरी में देखते हुए उठ खड़ी हुई

और डर से घबराकर पूछा तुम! तुम यहां क्या कर रहे हो तुम ने ये डोर क्यूं?...

इससे पहले कि माही जावेद से पूछती कि उसने दरवाज़ा अंदर से क्यूं बंद किया, तभी जावेद माही की ओर बढ़ कर उसके पास जाकर बोला क्युकी मुझे जो चाहिए था , वो आज मै लेकर रहूंगा!

माही ने अब तक आपने हाथ से पुस्तक का उपयोग सिर्फ पढ़ने के लिए किया था पर आज उसने उसका उपयोग जावेद के सर पर एक हथियार के रूप में किया था, जिसके कारण जावेद सर पकड़ कर नीचे झुक गया और फिर माही मौके का फ़ायदा उठा कर दरवाजे की कुंडी खोलकर भाग निकली,माही कोठरी से निकलने के पश्चात ही वह भागती हुई उसके कमरे में गई जहां नौकरानी को माही ने बच्चे को संभालने के लिए दिया था लेकिन जब वह वहां पहोंची तो वो दया नौकरानी बच्ची को लेकर काफी दूर निकल गई थी, वहां पर उस ने एक चिट्ठी भी छोड़ी थी जिस मे लिखा था माफ करना बेगम आपकी बच्ची हवेली में संकट में पड़ गई थी जिसे उसका कोई अपना जान से मारना चाहता था उस राक्षस का नाम तो मै कह नही सकती पर उस राक्षस को आप

आज भली भांति जानी होंगी, ये वही राक्षस है जिस ने आज आपको (अतिथि घर) कोठरी में जानवरों की तरह नोचने का प्रयास किया!

मैं बच्चे को लेकर आपके पास ही आ रही थी कि उसने भीतर से दरवाज़ा बंद करते समय मुझे देख लिया और जब मै ने उसे देखा तो मैं उस के इशारे भरी जान की धमकी देख कर घबरा गई और मुझे माफ कर देना आपकी परवाह किए बिना वहां से बहोत दूर चली आई हूं आपकी देवरानी नर्गिस के पास!

उस दिन आप ने अच्छा किया जो मुझे बता दिया की जब कोई ऐसी परिस्थिति आन पड़े तो मुझे जिया को लेकर उसकी चाची तक पहोंचना होगा और ये जिम्मेदारी उन्हें देनी होगी!

मैंने आज वही किया, आप और आपकी बच्ची सदेव खुश रहेगी आप चिंता नहीं करिएगा!

हुमैरा दया

माही नौकरानी की चिट्ठी पढ़ने के बाद वह जैसे ही पीछे मुड़ती है तो देखती है कि उसके पीछे वह राक्षस अथवा उस का देवर जावेद खड़ा रहता है! जिसे अचानक पीछे देख माही बहोत घबरा जाती है और बिना कुछ सोचे समझे उसी समय जावेद को धक्का देकर वहां से भाग जाती है तत्पश्चात वह अपने मायके चली जाती है और जब वहां अचानक उसे रब्बो देखती है तो बहोत खुश हो जाती है, इससे पहले कि रब्बो कुछ पूछती माही गुस्से में तेज़ी से गाड़ी का डोर बंद करती है और

रब्बो के सामने से उसे इग्नोर करके गुस्से से अपना दुपट्टा फेकते हुए अपने रूम में चली जाती है!

रब्बो हर बार माही के आने पर चुपके से चिट्ठी लिखकर माही के आने की खुशखबरी राशिद के पास भेज देती थी, पर इस बार रब्बो को देखकर उसके चेहरे की खुशी उड़ गई

थी वह आश्चर्य में पड़ गई थी, भागते हुए वह माही के पीछे गई और उसने देखा कि माही खाली हाथ है, तो रब्बो गाड़ी में इधर उधर देखते हुए माही से जाकर पूछती है !

ये क्या माही आप बच्ची को साथ क्यों नहीं लाए,

आपकी बच्ची, आपकी हूर जैसी प्यारी खिलखिलाती बच्ची किधर है, ओ दिखाई क्यों नही दे रही, बोलो ना माही जी !

लेकिन माही उसे कुछ भी जवाब नहीं देती है और

सिसकते हुए वह अपना बुर्का भी जमीन पर फेक कर गुस्से में अपने रूम में चली जाती है!

ऐसा मालूम पड़ता है जैसे कुछ तो हुआ है इनके ससुराल मे, परन्तु अब इतने दिनो बाद क्या उनके ससुराल वालों को बच्ची की सच्चाई का पता लग गया तो नहीं!

शुभ शुभ बोल रब्बो ऐसा कुछ नहीं होगा पर

(जिया) ओ फूल सी बच्ची किधर है, ऐसा सोचते हुए रब्बो सदमे में जा चुकी थी, अब ना उस के कदम उठ रहे थे कहीं चलने को और ना ही मन कर रहा था राशिद के लिए नई चिट्ठी तैयार करने को!

मन मारके ही सही , रब्बो ने नई चिट्ठी तैयार कर दी परन्तु उसे देने से पहले वो माही के पास फिर जा रही थी की शायद माही अपनी बच्ची के बारे में कुछ बता दे, क्युकी रब्बो को ये चिंता सता रही थी की राशिद के लिए अगली चिट्ठी में क्या लिखेगी, जो अपनी बच्ची की खबर सुनके अंदर और बाहर दोनों तरफ से ही मर जाता,वैसे ही उसे माही से दूर करके इतने समय से काल कोठरी में बंद करके बिल्कुल मुर्दे की तरह रखा गया था। जिसे फिर भी अपनी नहीं, अपनी बेटी और माही की चिंता सता रही थी।

में उस बच्ची के बारे में चिट्ठी में लिख कर राशिद को बताऊंगी तो न जाने उस पर क्या बीतेगी।

एक काम करती हू माही से मिलने के बाद मैं राशिद को ये ख़बर स्वयं बताने चली जाती हू,कम से कम उन्हे ऐसी मुश्किल में अकेला तो महसूस नही होगा।

मन ही मन (रब्बो) यह सोचते हुए, माही के कमरे के पास जाकर देखती है, की माही ने अपने कमरे का दरवाजा बेहद गुस्से में बंद कर लिया है, और खिड़की से आग की लपटे और रोशनी नज़र आ रही है।

रब्बो भाग कर खिड़की के पास जाती है। और जोर जोर से चिल्लाते हुए कहती है की ये क्या माही जी दरवाजा खोलो वह सहायता के लिए घरवालों को पुकारने लगती है। पर उसे क्या पता था कि आग लगी नही है , माही ने आग लगाकर आत्महत्या करने की कोशिश की है। असल में माही उस दिन घर में पहुंचते ही कमरे जाकर दरवाजा गुस्से से बंद करती है। वहा अपने सारे कपड़े निकाल कर इकट्ठा करती है। और उन कपड़ों में मिट्टी का तेल डाल कर माचिस से आग लगा देती है। उसका आत्महत्या करने का कोई इरादा नहीं था , पर अभाग्य से माचिस की एक चिनगारी उसके स्वयं के कपड़ो से तीव्र आग स्वरूप लिपट जाती हैं। और वह जबतक अपने बालो मे आग लगने का आभास करती है। तबतक वह उस आग के चपेट में आकर पूरी तरह जलने लगती है, अंदर से कुंडी बंद होने के नाते रब्बो भी उसे बचा नही पाती है। परन्तु ऐसा प्रतीत होता है कि उसके भाइयों को दरवाजा तोड़ने का तनिक भर का समय नहीं रहता है वास्तव में समय तो था मगर उन्होंने माही पर जरा सी भी तरस न खाई। रब्बो फिर से एक बार अत्यंत परेशान होकर सोचने लगी इतनी कठिनाइयो से मेने कदम बढ़ाए थे राशिद को सच बताने के लिए पर अब तो मुझसे माही के आत्महत्या की खबर सुनने का साहस भी ना रहा। यह कड़वा सच बताने के लिए मैं स्वयं ही स्वीकार नहीं कर पा रही हूं राशिद को कैसे बताऊंगी। फिर भी मन मार कर ना चाहते हुए भी वह एक चिट्ठी फिर से लिख कर अपने साथ ले जाती है। राशिद बेड़ियों में बंधा बस हर पल रब्बो की चिट्ठी का इंतजार करता था। पर उसे क्या पता था कि इस बार रब्बो चिट्ठिया लेकर स्वयं आ रही है और वह जो सोच नही सकता था बस वही होना था।

अचानक दो जल्लाद पहरेदार की तरह रब्बो को हतकड़ी लगाकर काल कोठरी में प्रवेश हुए।

कमरे में प्रवेश होते ही रब्बो ने चीख कर रोते हुए कहा राशिद मुझे माफ करदो , में रब्बो को नहीं बचा पाई और तुम्हारी बेटी को भी नहीं ढूंढ पाई।

मैं तुम्हारे पास ही आ रही थी तुम्हे बताने के लिए, पर ये लोग मुझे बाहर ही देख लिए और बंदी बना लिए। अब में तुम्हारे लिए क्या कर सकती थीं, इसीलिए अपनी आखरी इच्छा यही बोली की मुझे तुमसे मिलना है। इतना सुनते ही राशिद और बे जान हो गया, अब तक बेड़ियां उस पर लटक रही थीं पर अब वही उन बेड़ियों पर लटक रहा था,

ना जाने ये भगवान ने भाग्य की कैसी रेखा खींची थी?

उधर दूसरी ओर रब्बो को पकड़े हुए दोनो कामगार रब्बो पर चिल्लाने लगे ए .... लड़की ज्यादा समय नहीं है तेरे पास अब चल !

तभी रब्बो जाते जाते कहती है अपनी बच्ची को ढूढ़ लेना राशिद वो फूल सी बच्ची की जिम्मेदारी अब तुम्हारी ही है !

इतना कहकर वह उन दो लोगों के साथ बाहर जाती है और बाहर जंगल मे ले जाकर ओ लोग रब्बो को गोली मार देते हैं!

एक ओर रब्बो की शव को दफना दिया गया और दूसरी ओर उसी रहस्मय जंगल में माही के अवशेषों को भी मिट्टी के नीचे दफना दिया गया!

जब से लेकर अब तक माही की आत्मा न्याय के लिए उसी जंगल में भटक रही है!

भटकती आत्मा

ना जाने कितने लोग उस जंगल से होकर गुजरे परन्तु उस भटकती आत्मा ने किसी को कभी कोई नुकसान नहीं पहुंचाया और न ही किसी भी निर्दोष को परेशान किया!

लेकिन एक दिन ऐसा भी आया जब अफक और उसका छोटा भाई जावेद उसकी सिस्टर राबिया और उसका दोस्त अहसान के साथ ये लोग एडवेंचर टूरिज्म पर आए थे, उस दिन जंगल तूफानी हवाओं और काले बादलों से घिरा हुआ था, परन्तु उन बेशर्मो को अपने किए पर तनिक भी पछतावा ना हुआ था कभी ,तो आज शायद ही होता!

जैसे - जैसे वो लोग जंगल में अन्दर प्रवेश किए, वैसे ही अफक को उनके कदमों की आहट अपने पीछे सुनाई दी और आफक ने झट से उन्हें कहा सुनो जावेद ये जगह ठीक नहीं लग रही यहां से चलते हैं, तभी अफक की बात पर राबिया बोल पड़ती है देखो अफक एडवेंचर

ट्रिप्स पर आने का प्लान मेरा था तो डिसाइड भी मैं करूंगी कि कब रुकना है कब जाना है!

राबिया की बात ध्यान से सुन रहा जावेद भी तभी बोल पड़ता है अरे यार तुम दोनो लड़ना बंद करो और ध्यान से उस ओर कान लगाकर सुनो, किसी

बच्चे की रोने की आवाज़ आ रही है!

सबकी बातें सुन रहा अहसान अचानक दबे पांव अपने (लेफ्ट साइड)में बाएं ओर जाने लगता है और फिर उनसे कहता है ये आवाज यहीं से आ रही है, इधर से जावेद सही कह रहा है! वो सभी एक साथ वहां जाकर देखते हैं तो वहां कुछ भी नहीं दिखता है तब जावेद कहता है अरे यहीं से आवाज़ आई थी किसी बच्चे के रोने की, आफक तू ठीक कह रहा है ये जगह ठीक नहीं है यहां से चलते हैं क्या कहते हो अफक,फिर जावेद अफक से कहता है तुम कुछ बोल क्यों नहीं रहे हो अफक ! जैसे ही जावेद पलट कर देखता है

उसके पीछे ,वहां अफक क्या राबिया और अहसान भी नहीं थे ये देखकर जावेद डर जाता है और उधर से भाग कर राबिया और अहसान को ढूंढने में लग जाता है!

उधर दूसरी तरफ माही की भटकती आत्मा राबिया और अफक और अहसान के सामने बहुरूपिया रूप लेकर उनके साथ जंगल के बाहर जाने को बोलती है मगर जब वह अपनी कब्र के पास पहुंचती है तो वह वहां पहुंचकर रुक जाती है और फिर पीछे मुड़कर उन से कहती है ! देखो इसके आगे का रास्ता मुझे भी पता नहीं, यदि तुम सबको पता नहीं है तो मैं बता दूं ये मेरा घर है, यहां मैं रहती हूं, तुम सब को यहां रहना है तो रह सकते हो! माही की बातें सुनकर राबिया बोल पड़ती है, तुम यहां रहती हो इस जंगल में और ओ भी कब्रस्तान पर!

राबिया की बातों पर वह आत्मा फिर बोली हां मैं यहीं रहती हूं! लेकिन अब तुम लोगों के साथ जाऊंगी हवेली में रहने के लिए!

तभी डरे सहमे हुए स्वर में अफक कहता है ये तो माहरुख की आवाज़ है लेकिन तुम....इसका अर्थ तुम माहरुख हो! तुम यहां रहती हो माहरुख?

अफक की बाते सुनकर माही जल्दी जल्दी आगे चलकर अफक के पास जाकर खड़ी हो गई और फिर अफक के करीब जाकर बोली हां मैं यहां रहती हूं, ये कब्र ही मेरा घर है पर अब तुम भी रहोगे यहां मेरे साथ जब तक मैं रहूंगी तब तक!

देखते ही देखते अपनी खून की प्यासी आंखों से वह आत्मा उन सब को एक टक घूरती रही और फिर बारी बारी उन पर हमला कर रही थी जो जो उसके मौत के असली जिम्मेदार थे! जिसके चलते अचानक एक समय ऐसा आया कि उसने जावेद,राबिया, और अहसान इन सब को जंगल में अलग अलग कोने में बिखेर दिया, और फिर ओ आत्मा अफक पर टूट पड़ी!

अफक ने डर डर कर पैंट में ही पेशाब कर दी! जैसे जैसे वह आत्मा आगे बढ़ रही थी वैसे वैसे ही वह चीख - चीख कर अपनी बहन (राबिया)को

और जावेद, अहसान को बुलाने लगता है!

मगर अफसोस वहां उसकी चीख सुनने के लिए कोई नही था!

अफक फिर से बहोत हिम्मत जुटाकर पूछता है,

क्या चाहती हो तुम क्यों पीछे पड़ी हो मेरे?

और इतना कहते कहते वह रोने लगता है, तभी अफक के कानों से एक हवा छूकर निकलती है,

जब ओ महसूस करता है कि वहा माही आई है और वह रो रही है तो आगे बढ़ कर उस माही स्वरूप आत्म के पास जाता है और पूछता है माही तुम यहां कैसे, तुम तो जलकर मर गई थी ना? तब माही अर्थात वह आत्मा कहती है हां मैं मर गई थी और इस लिए तो वापस लौट कर आई हूं क्यों की मुझे तुम लोगों से बदला लेना है!

और वह आत्मा अफक के पास फिर जाकर अफक के कानों में एक फूंक मारती है और देखते ही देखते वह अफक के शरीर में प्रवेश कर जाती है! अचानक हवा की काली घटाएं छा जाती हैं! अफक अब हवा से भी तेज़ भाग रहा था, और अपने पैरों से ही पेड़ पर चढ़ कर उल्टा लटक कर वहां से नीचे खड़े राबिया अहसान और जावेद से बात करते हुए कहता है सुनो ना मुझे प्यार किसी और से है, मेरी शादी अपने भाई से मत होने दो और हर एक वाक्य को बोलते हुए वह अफक स्वरूप आत्मा जोर जोर से हंसता फिर हंस हंस कर अचानक रोने लगता और फिर रोते रोते कहता सुनो जावेद मुझे जाने दो प्लीज़ मुझे कोई सुहागरात नही बनाना है कोई रसम नही निभाना है मेरा बच्चा मर जायेगा जाने दो मुझे प्लीज़,भटकती आत्मा जोर जोर से ठहाके लगाकर हस्ती है वह हर वाक्य को बड़ी नम्रता के साथ कहते हुए चीखती चिल्लाती और अफक के शरीर को ऊंचाई पर ले जाकर बांस के पेड़ पर बैठ कर कच्चा मांस खाती है!

ये सब देख राबिया और जावेद रोने लगते हैं और अचानक राबिया अपने हाथ से ताबीज का धागा निकाल कर नीचे फेक देती है और फिर रोते हुए अफक की ओर देखते हुए

कहती है, देखो ये ताबीज मैंने निकाल दी है अब तो (कृपया) प्लीज़ मेरा भाई अफक मुझे वापिस लौटा दो, छोड़ दो मेरे भाई को नीचे आने दो उसे!

राबिया की बात सुनकर अफक अर्थात अफक स्वरूप भटकती आत्म बोल पड़ती है, जाने दू इसे ठीक है लो छोड़ देती हूं मैं!

इतना कहते हुए वह आत्मा अफक के शरीर से बाहर आ जाती है और अफक बेसुध होकर जमीन पर गिर पड़ा!

राबिया जैसे ही अफक के पास पहोंची आत्मा ने

राबिया को धक्का दे दिया और राबिया का रास्ता रोकने की कोशिश की तो राबिया ने झट से ताबीज का धागा हाथ मे बांध लिया!

तत्पश्चात वह आत्मा पुनः अफक के शरीर में प्रवेश नहीं कर पाती है!

वह भटकती आत्मा अफक का शरीर तो त्याग देती है, परन्तु उन सब का पीछा करते हुए उनके साथ चली जाती है, अब वह भटकती आत्मा उनके पीछे पीछे हवेली पहुंच जाती है और वह हवेली में ही पुस्तकालय को अपना घर बना कर वहां रहने लगती है!

उधर अफक और उसका पूरा परिवार मिल कर भी माही की भटकती आत्मा को हवेली से बाहर नहीं कर पाता है! यही कारण है कि आज भी माही की भटकती आत्मा पूरे परिवार के सदस्यों के बीच घूमती रहती है और धीरे धीरे उसके अतीत का बदला लेना शुरू कर देती है!

जिसके चलते अफक पागलों के जैसा व्यवहार करने लगा और धीरे धीरे पूरे गांव में ये बात फैल गई कि कोई भटकती आत्मा अफक को रातों में सोने नहीं देती!

उधर दूसरी ओर राशिद काल कोठरी में बेड़ियों में बंधा अपनी बेटी की खुशियों की इल्तेजा कर रहा था!

अभी तो राशिद की बेटी डेढ़ साल की थी,जो स्वयं के समझ बूझ से परे थी , जो जहां ले जाता वहां चली जाती कोई हंसकर बुला ले तो हंस पड़े और पल भर में रोना भी सीख जाए!

उधर जिया की मां (भटकती आत्मा) अपनी बेटी को खुश देख कर मुस्कुरा देती है!

प्रेम और पछतावा

जिया तो अभी चार साल की फूल सी बच्ची थी जिसे अब तक जिया की चाची अर्थात जन्नत चाची ने बड़े लाड प्यार से पाला पोषा था !

एक दिन अफक अहमदाबाद से हवेली आया था अपने बीवी बच्चों के साथ घर में प्रवेश करते ही अफक बिना कुछ खाए पिए सब से पहले जिया की चाची के पास गया और फिर उनके पास जाकर चिंतित स्वर मे बोला ! जन्नत बेगम मैं आज आप से कुछ मांगने आया हूं, मैं ये भी जानता हूं कि इसके लिए आप इनकार करोगे, वही आप से आज मैं एक बाप होने के नाते लेने आया हूं जो कि मेरा अधिकार है आप इसे मेरा प्रेम और मेरा पछतावा ही समझ लो!

मुझे पता है कि जिया बच्ची की जिम्मेदारी माही ने आपको सौंपा है परन्तु यह कहने मे बहुत लज्जा आती है कि मेरे भाई जावेद हसन आलम ने जो हरकतें की थी माही के साथ उनको देखते हुए मैने ये फैसला किया है कि आज से मैं खुद अपनी बेटी की सुरक्षा की जिम्मेदारी लूंगा और इस प्रकार मैं आपको आज इस वचन और इस जिम्मेदारी से मुक्त करा दूंगा!

जन्नत ने जैसे ही अपनी ममता पर गौर की तो उन्हें लगा कि उस फूल सी बच्ची के साथ अन्याय होगा परन्तु जैसे ही अफक की बाते गौर की तो उन्हें लगा कि वो भी सही थे आखिर कब तक ओ जिया को जावेद हसन आलम (अपने राक्षस जैसे पति) से बचा पाएगी , ये सोचकर उन्होंने जिया को अफक के साथ ले जाने की इजाज़त देते हुए कहा, मैं मन मार के ही सही अपनी ममता को दफनाते हुए अपनी मातृ चार साल की बच्ची को मेरे सीने से दूर आपके हवाले इस लिए कर रही हूं ताकि आप एक पिता का कर्तव्य निभाते हुए उसे वह सुख- शान्ति दे सको जो मैं इस राक्षस शौहर के कारण अपनी बच्ची को ना दे सकी !

हमारी एक ही विनती है अपने रब से और वह इतना ही है कि आप जैसे प्रेम और पछतावा के भाव से ये कर्तव्य करना चाहते हैं उसी भाव को वह सदैव जिंदा रखे!

चाची और अफक की बात सुनकर ही पास मे खड़ी नौकरानी चांदनी झट से बोल पड़ी (जो चाय लेकर वहां पहुंची थी) बुरा नहीं मानो दुलहिन् जी तो एक बात कहूं ये नन्हीं सी बिटिया की जान खतरे में है और खतरे में पड़ जावेगा जब उसके साथ आप जैसी मां ना होवेगी तो!

चांदनी की बात सुनते ही अफक ने असहमति जताते हुए कहा देखो चांदनी बहु हम अभी अपनी देवरानी जी से बात कर रहे हैं और आप अभी इन सभी चीजों में राय देने के लिए शिक्षित और निपुड भी नहीं हो इस लिए आप इस बीच मे कुछ ना ही बोलो तो अच्छा होगा!

अफक की कड़वी बोली सुन कर नौकरानी चांदनी धीरे से कहती है आप सही कहत हो चाचा माफ कर दिहो गलती होय गए! और इतना कहते हुए वहां से निकल जाती है! तभी जिया की चाची जन्नत चांदनी की बातों से भावुक होकर अचानक रो पड़ती है और फिर अपना कलेजा पत्थर का बनाकर कहती है,क्या सोच रहे हो अफक भाई साहब ले जा सकते हो आप बच्ची को मेरी इजाजत है!

लेकिन हा याद से टाइम पर दवा पिला देना जिया को , कल गलती से इसने ठंड पानी अपने ऊपर गिरा लिया जिसके कारण सर्दी हो गई तो

डॉक्टर ने ये दवा दी थी!

अफक ने दवा उठाते हुए कहा जी जन्नत बेगम

और इतना कहते हुए वह जिया को खुशी से गोद में लेकर फूले ना समा रहा था और तभी हवेली के सभी सदस्यों को आकर्षित करते हुए (बुलाते हुए) कहने लगा आज मेरी दूसरी बीवी अर्थात नुसरत और अपने बच्चों को मैं इस घर में सिर्फ यही सोच कर लाया हूं कि इन्हे भी इनका अधिकार मिले और मैने इस बारे में अब्बू जान से बात कर ली है

उन्हों ने इस की इजाज़त दे दी है इस लिए आज से मैं नुसरत को माही की जगह देते हुए माही की बच्ची अर्थात हमारी बच्ची जिया को नुसरत जॉन के गोद में सौंप रहा हूं!

आज से इसकी पूरी जिम्मेदारी नुसरत की होगी क्योंकि आज हमने जन्नत बेगम को उनकी इस बड़ी जिम्मेदारी से खाली कर दिया है!

अफक की बात सुनते ही (निदा)अफक की सब से छोटी बहन अर्थात जिया की बुआ बोल पड़ती है पर नुसरत को यहां रहने की इजाजत क्यों दे दी आप ने भाई ओ औरत कैसी है आप को तो पता है ना अफक ये ठीक नहीं है उसे इस हवेली में आप माही भाभी की जगह दे रहे हो

इन्हें यहां हिस्सा दे रहे हो आप ने मां का दर्जा दिया उसे आपने!

क्यों लेकिन?

मैं अब्बू जान से इस बारे में बात करूंगी!

निदा की बात सुनते ही अफक गुस्से से लाल पीला हो गया और फिर आगे बढ़ कर उसने निदा को एक तमाचा मारते हुए कहा, ज़रा सी भी बात करने की तमीज नहीं है, तमीज भी सब गवां चुकी हो तुम इतना खुशी के अवसर पर मिठाई बांटने के बजाए तुम उसका मजाक बना रही हो ,थोड़ी देर चुप होकर फिर गुस्से से निदा के सामने जाकर अफक फिर कहता है घूर क्या रही हो जाओ जाकर मिठाई लेकर आओ!

क्यों अब्बू जान सही कहा ना हमने आखिर अगले हफ्ते ही तो मैं अहमदनगर जा रहा हूं, मुंह मीठा करना तो बनता है ना?

अब्बू जान को हाल में आते देख अफक ने उनकी ओर बढ़ते हुए कहा!

और तभी निदा गुस्से से अपने गाल को पकड़े हुए वहां से चली जाती है!

ना जाने इस युग में कितने घरों में औरतों पर हाथ उठाकर ये ताकत दिखाने की रिवाज़ और राजदां थी !

अफक अपने अब्बू जान को देखते ही जिया को झट से राबिया के गोद में पकड़ा कर अब्बू जान को गले लगा लेता है और फिर उनसे कहता है आइए अब्बू जान यहां बैठिए पास की कुर्सी खोलकर वह अपने पिताजी के सामने रख देता है तभी अफक के पिता जी अर्थात नाजिम जी थोड़ा हंसते हुए कहते हैं बेटा ये सब तो ठीक है पर एक बार नुसरत को तो इस जिम्मेदारी से रूबरू करा दो, जितने दिन लगाओगे उसे जिया की पालन पोषण का जिम्मेदारी देने में उतने साल लगा देगी ओ उसे अपनाने में!

अपने अब्बू जान की बात सुनकर अफक मन ही मन सोचता है अगर नुसरत इसे अपनाएगी नहीं तो मैं नुसरत को नही अपनाऊंगा और जब मैं नहीं अपनाऊंगा तो वह जरूर अपनाएगी 'और अफक मुस्कुराते हुए फिर उस पल को याद करने लगता है जब अफक को उसके भाई का कॉल आया था, जैसे ही अफक के भाई ने कॉल किया अफक ने कॉल उठाते ही कहा था भाई कैसे हो आप सब लोग?

अफक की बातों को उत्तर देते हुए नागपुर शहर में रहने वाले अफक के भाई ने माहिर हसन आलम ने कहा हा मैं हमारा परिवार हम बिलकुल ठीक हैं तुम बताओ अपना कैसे हो?

नागपुर शहर में गए आपको इतना समय हो गया और आपने कभी किसी से अपना कोई दुख सुख हमसे जाहिर तक नहीं किया!

बताए ना भाई साहब मैं आपकी क्या सेवा कर सकता हूं? अब किस पर काला टोटका कराना है!

अफक की बात सुनकर माहिर एकदम से हिल सा गया, उसने सोचा कि शायद मेरी और जावेद की बात को किसी ने सुन ली थी और अफक के दिल में हमारे खातिर आग में घी डालने का प्रयास किया है, एक तो अफक पहले से मुझसे क्रोधित है माहरुख और उसके बीच हुए झगड़े के खातिर अब क्या होगा फिर माहिर ने झिझकते हुए अफक से कहा, म म मैं ओ मैं ये कह रहा था कि जावेद से बात हुई थी क्या आप की? हाल खबर कुछ नहीं मिला तुम सब का, बस यही सोच कर कॉल किया था और हां वो एक बात रह गई कि मैं चाहता था कि तुम यहां आ जाओ हमारे साथ हमारे व्यापार में हाथ बटाने, उम्र हो गई

है अब हमारी तो सोच रहा हूं कि तुम अपनी सूझ बूझ और थोड़ी संपत्ति लगाकर यहां खुद के लिए व्यापार शुरू कर लो और रही बात घर मकान की रहने - खाने की तो बिजनेस तुम हैंडल करोगे तो घर भी तुम्हारा ही समझो !

अफक उत्तर देने से पहले घबराते हुए एक प्रश्न कर बैठा भाई साहब आप ठीक तो हो ना क्या हुआ आपकी तबियत ठीक है ना, बताइए हमें क्या हुआ आपको हम कल ही आ जाते हैं आपको मिलने आप बोलो तो?

अफक बिना रुके एक सांस में पूछ रहा था इस से पहले कि वह कुछ और बोलता उधर से माहिर ने फोन पर उत्तर देते हुए कहा, अरे फिक्र करने की कोई जरूरत नहीं है मुझे तो बस तुम्हारे भविष्य की फिक्र हो रही थी बस इस लिए कह रहा था, इधर अफक ध्यान से अपने बड़े भाई साहब अर्थात माहिर की बाते सुन रहा था और उनके हर वाक्य पर हां - हां बिल्कुल भाई साहब बोलकर चुप हो जाता था,

तभी माहिर ने अपनी काली दाढ़ी पर हाथ फेरते हुए फिर कहा अब आगे तुम्हारे हाथ में है गरीब रहना है या अमीर बनना है!

मैं तो बस रास्ता दिखा रहा हूं चलना तुम्हें है, अफक!

तभी माहिर की पत्नी की बुलाने की आवाज़ फोन में आती है और माहिर कहता है ठीक है अफक फिर क्या करने वाले हो, शाम को इस बारे में बात करो मैं फोन रखता हूं वजीह बुला रही है मुझे, ओके अल्लाह हाफिज!

अफक भी जवाब में अल्लाह हाफिज कहता है मगर फोन रखने के बाद वह ऐसे मुस्कुराता है जैसे उसे जन्नत का कोई टुकड़ा मिल गया हो!

अब तक अफक मन ही मन पूरी तरह अब अपने बड़े भाई साहब माहिर के काला जादू का शिकार हो चुका था!

अफक इस बात से और उन लोगों के षडयंत्र से बिलकुल अनजान था कि कब उन लोगों ने अपने साथ बिठाकर चिकन पार्टी की दावत देकर अफक के स्वादिष्ट खाने में काला

जादू का स्वाद घोल दिया था और अब धीरे धीरे उस काले जादू का असर भी शुरू हो चुका था !

अफक जो प्रतीक्षा कर रहा था कि उसकी पत्नी और बेटी जिया को तो कम से कम सुख दे सकता था वहीं अब वह स्वयं के सुख शांति से

वंचित हो चुका था,भाई के साथ कॉल पर हुई बातें सोच कर अफक अपने पिता जी से कहता है अब्बू जान मैं जाकर नुसरत को लेकर आता हूं और जिया को उसकी गोद में थमाता हूं! अफक आगे बढ़ कर जिया को राबिया के गोद से जैसे ही लेता है तो राबिया कहती है, अभी जरा प्यार से बात करना अफक नुसरत से!

अफक राबिया के बात पर सहमत होकर मुस्कुराते हुए हां कहता है और फिर जिया को लेकर वहां से चला जाता है!

उधर दूसरी तरफ नुसरत बैठकर चूल्हे पर कोई

कड़ाई रखकर उसमें पानी डालकर पानी में बैर के पत्ते पका कर कटे हुए नींबू के टुकड़े उसमे डाल रही थी, उसे संदेह था कि उस के पति पर कोई टोटके आजमा रहा था जिस के चलते वह प्रत्यक्ष और अप्रत्यक्ष रूप से उसके विरोधी हैं!

तत्पश्चात अफक जैसे ही नुसरत के पास पहुंचता है, नुसरत झट से चूल्हे के सामने उठ खड़ी होती है और अपना पल्लू झाड़ते हुए कहती है अरे अफक तुम कब आए, मैं बस तुम्हारा ही इंतजार कर रही थी। तभी अफक नुसरत की तरफ बढ़ते हुए कहता है, नुसरत ये लो जिया को संभालो, आज से इसकी जिम्मेदारी मैंने तुम्हारे कंधो पर देदी है, में जनता हूं कि तुम्हे ये सबकुछ थोड़ा जल्द बाजी में लिया गया फैसला लग रहा होगा, पर मैने तुम्हे बताया था कि मैं जल्द ही तुम्हे भी लेने आऊंगा। क्या सोच रही हो नुसरत जल्दी आओ मुझे फ्लाइट पकड़नी है ,तुम्हे चिंता करने की कोई जरूरत नही है मै भाई साहब के इधर बहुत ही खुश रहूंगा, आखिर वही तो हमारे अपने है। अफक नुसरत के हाथ में जिया को पकड़ाते हुए चला जाता है। इधर नुसरत जिया को गोद में लेते हुए। धीमी आवाज में हा कहकर जिया को कोसते हुए कहती है, मनहूस कही की मेरी जिंदगी में आने से पहले तो तूने अपनी मंहूसियत दिखा दी। जो अफक मुझसे इतना प्यार करता

था, वो अब इतनी नफरत कर रहा है, आज मुझसे सिर्फ तू और तेरी मां की मंहूसियत के वजह से तू ना मेरे रास्ते का कांटा बन चुकी है!

अफक के सामने पहुंचकर नुसरत फिर कहती है

देखो ना अफक कैसे मेरी गुड़िया हंस रही है,

अफक इसकी चिंता तुम जरा भी मत करो, मैं इस का अपने बच्चों से भी ज्यादा ध्यान रखूंगी,

आखिर जिया की मां के कारण ही तो आज मुझे यहां ये अवसर मिला कि मैं इस पोलेट्री फॉर्म का व्यापार संभालू!

उधर नाजिश घर की नौकरानी नुसरत की सभी बातें सारे करतूत अपनी आंखों से देख और सुन रही थी जो मन ही मन कहती है थू, लानत है इस औरत जात पर जो ये कैसी नाटकबाज हैं वल्लाह तेरे कान और आंखें बहोत तेज़ हैं माशाल्लाह, वल्लाह नज़र ना लगे तुझे नाजिश सलाम सलाम! वह कमर पर अपनी बालों को लचकाते

हुए कहती है, तभी साकिर आकर उस से टकरा जाता है, अरे नाजिश तुम ज़रा संभलकर लचकाओ इस नाजुक सी कमर को कहीं प्यार ना हो जाए हमे इनसे!

तभी नाजिश गुस्से से बोल पड़ी तुम संभलकर

नाचो तो शायद टकराने से रहो और प्यार भी नहीं होता फिर! हुं आफताब चाचा बेचारे कितने भोले हैं हाजी बनाना चाहते भी हैं तो किसे जो मुझ पर डोरे डाल रहा है!तरस आ रहा है उन पर बेचारे चाचा जी!

नाजिश फिर से अपने बालों को लचकाते हुए वहां से चली जाती है!

वहीं पास के कमरे में खड़ी माही की आत्मा खिड़की से देख कर मुस्कुराती है और फिर धीमे धीमे पाव बढ़ाकर अपनी बेटी जिया के कमरे में चली जाती है!

रास्ते का कांटा

कई हफ़्ते कई महीने कई दिन कई साल गुजर जाते हैं ऐसे ही एक दिन उस हवेली में अचानक खुशियों का माहौल आता है जब जिया सिर्फ सात साल की थी!

उस दिन के एक दिन पहले अफक भी ईद का त्योहार मानने के लिए घर आता है और सभी लोग मिल जुल कर ये खुशियां मनाने लगते हैं आज ईद के दिन काफी चहल पहल है और हवेली से कोसों दूर शहर में एक मेला लगा था,मगर हवेली से अधिकतर लोग उस मेले में शामिल होते हैं वहीं माही की ननद राबिया और साकिर की अम्मी अर्थात जिया की सौतेली मां जिया को भी अपने साथ मेला दिखाने ले गई!

लोग मेले में इधर उधर घूम घाम कर खिलौने झूले और सर्कस में मगन हो गए थे लेकिन एक ओर जहां लोग मेले में खुशियां मना रहे थे वहीं दूसरी ओर माही की ननद भौजाई जिया को भरी महफिल में बड़ी ही चालाकी से एक तस्करी गिरोह (किडनैपर) के हाथों बेच रही थी और दो लाख रुपए लेकर वहां से घर चली गई!

परन्तु थोड़ी देर बाद अफक उस बच्ची को ढूंढते हुए पुलिस चौकी पर जाता है कंप्लेन करके वह पुलिस के साथ स्वयं बच्ची को ढूंढने लगता है!

जिया - जिया मेरी बच्ची जिया कहां हो तुम प्लीज आप हमारे पास आ जाओ वरना आपके

अब्बू आप से फिर कभी बात नहीं करेंगे इतना कह कर अफक घुटनों के बल बैठकर रोने लगता है तभी उन पुलिस वालों की टोलियों से एक पुलिस वाला बोल पड़ता है आप चिंता मत करो जी चलिए हम मिलकर ढूढते हैं आपकी बच्ची को!

और सभी पुलिस वालों के साथ अफक उन्हें ढूंढने में फिर से व्यस्थ हो जाता है! तभी अचानक भीड़ से अलग थोड़ी दूर पर एक व्यक्ति जिया को लेकर मंदिर की ओर से दूर कहीं ले जा रहा था!

वह बार बार बेसुध जिया को उठाकर कंधों पर रखता और फिर तेजी से आगे बढ़ते हुए एक किराने की दुकान पर रुक गया और वहां से कुछ खाने की चीज़ें लेकर जाने लगा!

उसे अफक और एक पुलिस अधिकारी ने जिया को गोद में लेकर भागते हुए देख लिया और जब वह उस तस्करी गिरोह के आदमी का पीछा करने लगे तो उस ने झट से बच्ची को गोद मे से उतार कर वहां से भाग गया!

अफक अपनी बेटी जिया को देख कर बहोत प्रसन्न हुआ और उस दिन से वह अपनी बेटी जिया को कभी किसी मेले का रुख ना कराया और बाकी के उम्र भर के लिए ये यादें उसकी आंखों में कैद हो गया!

पुलिस की करवाई के बाद किडनैपर को कुछ ही समय बाद रिहाई मिल जाती है जब जिया सिर्फ दस साल की थी!

उधर उस समय अफक रात दिन अपने धोखेबाज भाई और भाभी की बातें सोच कर रो पड़ता है जिन्होंने अफक से व्यापार देने के बदले उससे सब कुछ छीन लिय थे!

अब तो अफक के पास बेच कर खाने के लिए भी कुछ नहीं बचा था उसे काला जादू से सम्मोहित कर उसके बड़े भाई माहिर और जावेद ने खोखला कर दिया था!

ऐसी परिस्थिति में वह अब भाइयों के घर और हृदय से निकलने के बाद जाता भी तो कहा, खोखला शरीर और मोहित बुद्धि भला अब किसके काम का था! अहमदनगर से वापिस आने के बाद से लेकर अब तक नुसरत और उसके बच्चों ने उसे ना बाप का दर्जा दिया और ना ही वह स्वयं एक पिता का फर्ज निभा सका,

और यदि वह अब अपनी बीवी नुसरत के पास जाता भी तो वह यह कहकर स्वयं से दूर कर देती कि जाओ तुम अपनी बेटी जिया को लेकर हमारे साथ रहने के काबिल नहीं हो तुम!

बेचारा अफक सब कुछ ख़ामोश सुन रहा था और काले जादू का असर धीरे धीरे उसके बुद्धि को समाप्त कर रहा था!

जिसके चलते जिया चारों ओर से दुश्मनों के बीच अकेली संघर्षों की लड़ाई लड़ रही थी! वह अपने दुश्मनों के रंग ढंग को पहचान लेती थी और फिर वह बहोत सतर्क रहने लगी थी परन्तु फिर भी उस के दुश्मनों में से राबिया और नुसरत ने फिर से दाव पेंच खेला, और इस बार वह अपने हवेली मे ही उस किडनेपर को जिया का मामा बनाकर ले आए और जैसे ही वह हवेली में परवेश किया, उधर जिया की सौतेली मां नुसरत ने झट से जिया को तैयार कर दिया उसके मामा से मिलने के लिए,परन्तु जब नुसरत ने उस आदमी को देखा तो वह समझ गई कि यह वही आदमी है जो मुझे मेले में अपने साथ ले गया था और जिया ने अपनी बुआ और अपनी सौतेली मां की बात से भांप लिया की वह उसके साथ कुछ ना कुछ गलत करने वाली थी जिस के कारण जैसे ही उनकी नजरें हटी वह आदमी नुसरत को पैसे देने गया तभी जिया झट से कमरे में जाकर टेबल के नीचे छिप गई और वह डर और भय से तब तक बाहर नहीं आई जब तक उसके अब्बू अर्थात अफक स्वयं उसे ढूंढने घर में नहीं आ गए!

अब अफक मुंबई जाने के बारे में सोच रहा था कि शायद उसकी पत्नी पैसे मिलने के बाद जिया पर अत्याचार करना बंद कर दे परन्तु यह तभी संभव होगा जब अफक स्वयं एक जिम्मेदार पति बन जायेगा और अपनी मोटी तनख्वाह की रकम नुसरत की झोली में डाल देगा! ये सोचकर अफक मुंबई जाने का फैसला कर लिया पर वह बेचारी मासूम जिया की मासूमियत से और उसके दुश्मनों के वार से भी अनजान था!

आखिरकार वह अगली सुबह मुंबई पहुंच गया और इधर जिया नुसरत के अत्याचारों को नज़र अंदाज़ कर अपनी शिक्षा पर ध्यान केंद्रित कर रही थी! कुछ दिन बीत गए नुसरत भुट्टे के भांति अंदर ही अंदर जल रही थी और मन ही मन सोचकर खुद को कोसती रहती थी कि ना जाने क्यों ये मेहमानो को भी उसी दिन आना था इस हवेली में जिस दिन मैं इस चुहिया (जिया) का काम तमाम करने वाली थी पर इसकी किस्मत तो देखो उसी दिन से ये मेहमान घर जमाई बनकर बैठे हैं!

जब तक ये लोग मेरे रास्ते का कांटा हैं तब तक मुझे शांत दिमाग से काम लेना होगा! इतना सोचते हुए नुसरत परेशान होकर अपना हाथ राबिया के ऊपर रख कर पूछती है हे नंदोई जी ई मेहमानों के बीच सब भाई भौजाई हैं पर ई जावेद कहूं दिखाई नहीं दे रहा,

कहीं गया हुआ है का? राबिया नुसरत की बात पर कहती है क्वेश्चन तो ऐसे कर रही हो जैसे कि तुम्हें पता ही नहीं है कि जावेद माही की भटकती आत्मा को शांत करने के लिए कारी साहेब के पास गया है दुआ ताबीज के लिए!

राबिया इतना कहकर अपनी भाभी नुसरत के सामने से वहां से चली जाती है!

उधर जावेद टोटके कराकर माही से छुटकारा पाने की कोशिश कर रहा था, तभी सामने बैठे मौलवी ने कहा सुनो बेटे तुमको यदि उस आत्मा से बचना है तो जैसे कि मैंने कहा था तुमसे कि इस के लिए कुछ शर्तें पूरी करनी होती हैं फिर तुम्हे पहली शर्त के तहत (अनुसार) अपनी और उस औरत के बीच की सभी मर्जी हालात बतलानी होगी!

दूसरी शर्त ये है कि तुम्हे उस आत्मा की शक्ति को कम करने के लिए इस तबीज़ को अभी पहनना होगा!

जिससे कि वह अभी तुम्हारे मोह से (अट्रैक्ट)

बाहर रहे!

जावेद कारी साहेब की बातें सुनकर झट से अपनी हाथों में वह तबीज़ बांध लेता है और दूसरी कंडीशन के अनुसार वह अपनी और माही की बीती बातें उन्हें बताने लगता है!

कि कैसे उस दिन जब माही अफक से विवाह करके आई थी उस दिन माही दुल्हन के रूप में सुहागन बनकर अफक के कमरे में बैठी हुई थी,

तभी जावेद दबे पांव माही के रूम में पहुंचा, माही जो स्वयं आंचल संभाल रही थी अचानक

जावेद माही के पास जाकर बेहद ही बेशर्मी से

माही की पीठ से जाकर चिपक गया और फिर माही के हाथों को पकड़ते हुए बोला अरे आप तो बुरा मान गई भाभी जी!

आप इतना अनजान क्यूं बन रही हैं जैसे कि आप को पता नहीं आप जानती नहीं कि मेरा भाई अफक का सबसे छोटा भाई जान हूं मैं, क्योंकि वह मुझ पर सब से ज्यादा भरोसा

करता है इतना कहते हुए जावेद माही के चारों ओर चक्कर लगा रहा था तभी अचानक माही चिल्ला उठी, पर अफसोस की जावेद ने झट से माही के मुंह पर हाथ रख दिया और फिर बोला,

ना ना ना ऐसी गलती बिल्कुल मत करना, क्युकी आज तो मैं जा रहा हूं आज तुम्हारे सुहागरात का पहला दिन जो है और वैसे भी मैं पहला मौका मेरे अफक भाई को ही देता हूं उनसे आखिर इतनी बड़ी रकम जो मिलने वाली है मुझे बाद में तुम्हे भी छीन लूंगा !

इससे पहले कि जावेद की बाते पूरी होती माही ने एक थप्पड़ जड़ दिया और फिर गुस्से से धक्का देते हुए कहा चले जाओ यहां से दोबारा आना मत मेरे सामने ! माहरुख का वो खौफनाक गुस्सा देखकर जावेद उस समय वहां से चला गया परन्तु आज याद कर के भी वह उस क्षण को भूल नहीं पाया था!

और आज कारी साहब के सामने वह उन घटनाओं को ना चाहते हुए भी उनके समक्ष रख रहा था जो कुछ उसने माहरुख की जिंदगी को अन्धकार में डालने के लिए किया था! और अब एक ओर वह दुआ ताबीज़ कराकर घर में दरवाजे पर और ज़मीन में गाड़ रहा था पर वह ये सोचकर ये तंत्र मंत्र कर रहा था कि शायद उसके असर से भटकती आत्मा जो कि उसके रास्ते का कांटा बन चुकी थी वह सदैव के लिए दूर चली जाए और वही दूसरी ओर वह भटकती आत्मा पर उसके तंत्र मंत्र का कोई असर नहीं हुआ परन्तु कुछ समय बाद वह स्वतंत्र हो गया क्योंकि उस के हाथो में बांधी हुई ताबीज के कारण वह माही की आत्मा उसके अधिक निकट नहीं आ पाती!

फिर भी उसने दूर से ही जावेद के काल और काले रंग को फीका कर दिया!

और फिर जावेद को धीरे धीरे माही की आत्मा

जिंदा लाश की तरह उसे हर जगह दिखने लगी!

और एक दिन जावेद को अपने खेत में जाते समय एक छल्ले सा घुंघरू दिखाई दिया वह झुक कर उसे उठाने लगा तो वह घुघरू पानी के भीतर चला गया उसे वह घुंघरू देख कर उसकी प्रेमिका याद आ गई जो कई सालों पहले उससे बिछड़ गई थी लेकिन अफसोस

वह उसे ही अपनी प्रेमिका की शरारत समझ बैठा पहले थोड़ा मुस्कुराया फिर बोला इतने साल बाद कुंदन तुम वापिस आ गई, देखो कुंदन अब ठिठोली मत करो बाहर आओ ना और आगे लपक कर झट से जावेद ने पानी में कुंदन को पकड़ने के लिए छलांग लगा दी लेकिन फिर उसे एक बड़ा झटका लगा जब वहां से कुंदन अचानक गायब हो गई! ये क्या यहां तो कुंदन नहीं है अरे ये क्या ये मेरा तबीज़ कैसे निकल गया, कहीं ये सब उस आत्मा का किया धरा तो नहीं!

मुझे जाना होगा यहां से वरना वो मुझे मार डालेगी!

इतना कहकर जावेद ने पानी में डुबकी लगाई और लपक कर ताबीज उठाना चाहा तभी अचानक एक घुंघरू उस पानी में तैरता हुआ जावेद की कान में घुस गया जब तक जावेद ने ताबीज तक हाथ पहुंचाई वहां का पूरा पानी गंदा हो गया और फिर जावेद को वह तबीज़ नहीं मिला! वह अपना कान पकड़ कर भागते हुए अपनी पत्नी नर्गिस के पास जाता है और अपने कानो को नर्गिस की तरफ झुकाते हुए कहता है अच्छी तरह से कानों में देखो कोई घुंघरू कानों में बज रहा है, नर्गिस प्रकाश डालकर कानों को अच्छी तरह से देखती है परन्तु उसे कोई घुंघरू नही दिखाई पड़ती है!

कानों में घुंघरू केसे जा सकता है भला घुघरू से पकड़म - पकड़ी खेल रहे थे क्या?

नरगिस की हंसी पर जावेद क्रोधित होकर फिर कहता है यहां खड़ी होकर दांत क्यूं फाड़ रही है ,जा जाकर जल्दी से डॉक्टर का अपॉइंटमेंट ले।

देखते ही देखते जावेद हॉस्पिटल ओ टी मे प्रवेश कर जाता है! और ओ टी के बाहर जावेद के साथ आए सभी रिलेटिव्स उसके बड़े भाई साहब महादेव गांव के हाजी साहब भी वहां इंतज़ार के कतारों में खड़े रहते हैं! ओ टी से बाहर आने के बाद लोग डॉक्टर का चेहरा देखते हैं कि बस कुछ बोल दे!

पर वह डॉक्टर कुछ भी बोलने के काबिल नहीं था उस डॉक्टर को देख कर ऐसा लग रहा था मानो कोई सांप सूंघ गया हो!

लोगों के पूछने पर क्या हुवा डॉक्टर क्या हुआ डॉक्टर साहब बोलिए ना हमारे भाई ठीक तो हैं!

क्या था उसके कान में? हाजी साहब के दो बार पूछने के बाद भी डॉक्टर सोच में पड़ जाता है,

थोड़ी देर चुप रह कर फिर अचानक कहता है क्या चाहिए था आपको, अच्छा अभिनय करता है आपका भाई, ले जाइए उसे यहां से कुछ भी नहीं है उसके कानों में!

ना जाने कैसे कैसे लोग आ जाते हैं यहां इतना कहकर डॉक्टर वहां से चला जाता है!

हाजी साहब एकदम शान्त और क्रोधित होकर

जावेद का हाथ पकड़ कर उसे के साथ चले जाते हैं!

वह घुंघरू तब से लेकर अब तक एक राज बन गई जावेद की ज़िंदगी में और ये राज जानने वाले उसके रास्ते का कांटा, राज़दां

व्यापार का कांटा

वहीं अस्पताल के बाहर खड़ी माही की आत्मा अपने बीते कल को याद करने लगती है वैसे तो माही के लिए व्यापार करना आम बात थी पर उसके ससुराल वालों के लिए यह बात कांटे की तरह चुभती थी!

आए दिन उसके ससुराल वालों मे से कोई ना कोई जावेद का साथ लेकर माही की घिसाई करता रहता पर जावेद को तो उसके व्यापार करने से समस्या थी उसका आगे बढ़ना उन लोगों के लिए घातक था और इसी के चलते एक दिन जब माही व्यापार के कार्यों से छुट्टी लेकर घर लौटी तो उस ने महसूस किया की घर की तरफ बढ़ाया गया उसका हर कदम आगे चलने से इन्कार कर रहा था और उसका मन वहीं प्लेटफार्म पर अटक गया था ,परन्तु अपनी घर - गृहस्ती सोचते हुए वह चली गई, माही को घर पर देख जावेद ने झट से अपने आदमियों को एकत्रित कर उसी समय उसी संध्या को बंगलो वाले सभी पोलेट्री फॉर्म पर आग लगवा दी!

आग लगा कर धुएं के साथ माही के व्यापार और मेहनत को भी उन्होंने कुछ क्षण भर में नष्ट कर दिया था!

उस दिन के बाद माही कभी उनके विरुद्ध नहीं खड़ी हो सकी क्योंकि वे अपनी पूरी ताकत के साथ माही का विरोध कर रहे थे उन्हें किसी अपने की जरा भी ध्यान नहीं था परन्तु माही को अपने आने वाले कल की चिंता थी और इन सब में वह अकेली लड़ रही थी!

आज जिया नव वर्ष की हो चुकी थी वह उस हवेली के हर राज़ से रूबरू होना चाहती थी लेकिन वह हवेली के रहस्यों का सूज खोलती भी तो कैसे अभी तो वह स्वयं एक रहस्य बनी हुई थी कि वह कोन है किसकी बेटी है और उसे अपने ही घर वाले क्यूं स्वीकार नहीं करते इन सभी सवालों से वह स्वयं अनजान थी!

वहीं दूसरी ओर हवेली की एक बड़ी दिलीर लड़की पाकीजा ने अपने गांव की महिलाओं की स्तिथि अधिकारों के स्थिति को देखकर जावेद जैसे लोगों को ये चुनावती दी कि यदि हमारे गांव में किसी भी व्यक्ति ने शिक्षा के खिलाफ आवाज उठाई तो उस पर शिक्षा विभाग द्वारा संचालित नियमों को लागू करवा देगी!

और उस ने गांव की कन्यावो को उच्चतम शिक्षा और रोजगार उपलब्ध कराने की जानकारी दी!

पकीजा दिन रात मेहनत कर गांव के सभी कन्याओ को एकत्रित कर उनके अधिकारों से अवगत कराती थी!

क्योंकि वह उस गांव के रहस्यों और लोगो से अवगत थी और वह माही की पक्की सहेली भी थी जिस ने कसम खाई थी कि वह अपनी सहेली की बलिदान को व्यर्थ ना जाने देगी!

और वहीं दूसरी ओर समाज के काले कीड़ों ने पाकीजा की हत्या की योजनाएं रच ली थी बेचारी पाकीजा इस बात से बिलकुल अनजान थी!

पाकीजा ने अपने साथ के कई लड़कियों को

स्वतंत्र होने के लिए प्रोत्साहित भी किया और इस तरह तेज़ी से उस गांव की अधिकतर लड़कियां अपने माता - पिता से पढ़ने की अनुमति मांगने लगी थीं और ये सब देख उन के भोले - भाले माता पिता हाजी साहब के पास पहुंच जाते वह अपनी बात रखकर हाजी साहब के सामने हाथ फैलाकर न्याय की उम्मीद रखते थे!

उन्हें ऐसा लगता था कि पाकीजा उनके बच्चों को बहन बेटियों को भड़का रही थी शिक्षा के प्रति!

आज शिक्षा दिवस के मौके पर पाकीजा बहोत खुश थी वह गांव वालों की जागरूकता और माही की सच्चाई बताने के लिए हवेली जिया के पास गई और जिया के कमरे में पहुंच कर चारों ओर देखते हुए जिया को आवाज़ देते हुए कहा जिया देखो आज मैं तुम्हारे लिए क्या लाई हूं ?

तभी जिया दरवाजे के पीछे से बोल पड़ती है अरे पकीजा अपी मैं इधर हूं दरवाजे के पीछे देखो!

पाकिज पीछे देखते हुए चौंक कर बोली अरे पर

यहां क्यों छिपी हो आप?

तभी जिया अपनी आँखें बड़ी करके बोली अरे तो क्या करती मैं आपकी परछाई देख कर डर गई मैं! मुझे लगा कोई बड़ा सा भूत है इसलिए आप आ रहे थे तो मैं यहां छिप गई थी!

जिया की बातें सुनकर पाकीजा सोच मे पड़ गई और फिर जिया को गोद में उठाते हुए बेड पर बिठाकर बोली मेरा बच्चा जिया मैं आज बहुत खुश हूं क्योंकि आज गांव की अधिकतर लड़कियां हमारे साथ हैं वह भी शिक्षा प्राप्त करना चाहती हैं और वह भी अब अपने अधिकार से रूबरू होना चाहती हैं!

बेटा मैं आपको इवनिंग में मिलूंगी फिर कुछ बताना है आपको!

आप मेरा इंतज़ार करना मैं शाम को पांच बजे वाली ट्रेन से वापिस आ जाऊंगी कॉलेज से!

तो अब आप आपका ध्यान रखो मैं अब कॉलेज जाति हूं वरना मुझे लेट हो जायेगा!

और इतना कह कर पाकीजा वहां से चली जाती है!

सुबह से शाम हो जाता है ट्रेन आने का समय भी हो जाता है तभी जिया के बड़े पापा ने झट से अपने आदमी रेलवे स्टेशन पर भेज कर पाकीजा के हत्या का योजना बना लेते हैं और फोन कर के अपने आदमियों को पाकीजा के हत्या की अनुमति दे देते हैं! पकीजा रोज़ तो मिलती थी जिया से पर आज शायद ये उसका आखरी दिन था! पकीजा आज जैसे ही ट्रेन से प्लेटफॉर्म पर उतरी और उसके बगल के डब्बे से ही दो अनजान व्यक्ति उतरे और जैसे जैसे पकीजा ने अपने कदम आगे बढ़ाए वैसे ही वह दोनों व्यक्ति भी पकीजा के पीछे आने लगे!

हाजी बाबा तो आज फूले नहीं समा रहे थे, अपनी छोटी सी कुर्सी पर बैठकर बहुत बड़ा जायेजा ले रहे थे उन्हें लगता था कि यदि उनके गांव में किसी एक व्यक्ति की कन्या ने शिक्षा प्राप्त कर ली तो उनके किए कराए वर्षों की मेहनत भंग हो जायेगी!

गरीब और जरूरतमंद भोले - भाले गांव वालों को उनसे उनका अधिकार उनकी मान - सम्मान छीनकर उन्हें और उनके मज़हब को नीचा दिखाना उनके रग - रग में शामिल हो चुका था!

आखिरकार पकीजा को मारने के लिए उन्होंने ख़बर सुपारी भेजवा ही दी!

परन्तु उनकी सारी बाते योजना बनाते समय जिया ने सुन ली और घबराहट और डर से वह वहां से भाग निकली!

अपने बड़े पापा के मुंह से ये बात सुनकर जिया भागते हुए रेलवे स्टेशन पर पहुंच जाती है परन्तु जिया को वहां पहुंचने में थोड़ी देर हो जाती है उधर पकीजा ये सोचकर परेशान थी कि ये गुंडे कोन है जो मेरा पीछा कर रहे हैं वह इतना सोच ही रही थी कि उन लोगों से कैसे बचे पर अभाग्य से उन गुंडो के हाथ लग जाती है और वो गुंडे अपने हाथ आते ही पाकीजा को छुरी मारकर अपना हाथ पाप से सेक लेते हैं!

जिया भी उस पाप को होते देख लेती है जिसके चलते वह गहरे सदमे से बेसुध होकर गिर पड़ती है! जिसे सवेरे कुछ चाय की दुकान वाले उठा लाते हैं और उसे हवेली पर लेके आ जाते हैं!

मौसम चारों तरफ साफ हो जाता है फिर भी दूर खड़ी नलायनी बिस्तर पे लेटी जिया को बस ममता भरी निगाहों से देखे जा रही थी और अचानक अपने छोटे से बैग में कुछ अपने और जिया के कपड़े और समान भर कर सोई हुई जिया को उठाकर सबकी नजरों से छिप छिपाकर पीछे के दरवाजे से भाग जाती है!

थोड़ी देर बाद हवेली में जिया को ढूढते हुए बड़े हाजी साहब आ जाते हैं वह लोगों से मुंह खुलवा रहे हैं कि शायद उन मे से किसी ने उसे छिपा दिया है!

मगर अफसोस वह डर और धमकी जैसे हथियारों का इस्तेमाल करते हुए भी जिया को ढूंढ नहीं पाते हैं!आज हाजी साहब के गुस्से को देखकर लगता है कि अगर जिया को उनके सामने खड़ा कर दिया जाए तो वो इसे जिंदा गाड़ देंगे इतना सोचते हुए नरगिस जिया की छोटी चाची नालायेनी के पास फोन करती है और फिर उनसे सब कुछ बताते हुए कहती है मैं यहां संभाल लूंगी नलायेनी तुम बस मेरी बच्ची का ध्यान रखना!

नालायेनी सुन सकती थी नहीं बस इशारे समझती थी जिन से जिया की चाची ने इशारे में कहा कि वह आज के बाद वीडियो पर बात नही कर सकती है क्योंकि हाजी साहब को उन पर शक हो गया है और इसलिए आज के बाद सिर्फ एक नॉर्मल कॉल करेगी जिया से बात करने के लिए!

नालायेनी बेचारी कर भी क्या सकती थी उसका

एक गांव था जिसमें वह और उसका परिवार सुखी जीवन व्यतीत कर रहे थे पर एक दिन अचानक किसी के दुष्टता के कारण पूरे गांव में आग लग गई और देखते ही देखते पूरा गांव और अधिकतर लोग उसमें जलकर राख बन गए!

जिन में एक शव नालायेनी के सगे माता पिता की निकली थी तब से लेकर अब तक बेचारी नालायेनी को उसकी बड़ी मां ने पाला पोसा और फिर एक दिन बड़ी मां ने अपने खून का असली रंग दिखा ही दिया उस दिन उन्होंने नालायेनी को दो जोड़े कपड़े देकर घर से बाहर ढकेल दिया उस समय भाग्य से वहां जिया की दादी जी पहुंच गई और उन्होंने झट से कम्बल डालकर लोगों की नजरों से छिपाकर जवान नालायेनी को अपने घर ले आई ये देख जिया के दादा जी का गुस्से के गर्मी से उनका खून खौल उठा था वह अपनी पत्नी पर हाथ भी उठाए और सवाल भी आखिर क्यों लेकर आई तू इस अनाथ बेसहारा को, मुझसे कहती मैं इसे किसी अच्छी जगह छोड़ आया होता!

ये यहां कैसे रहेगी मेरे बेटों पर डोरे डालने के सिवा और क्या करेगी ये गूंगी बहरी!

तब से लेकर अब तक नालयेनी उसी हवेली की सदस्य बनकर रहने लगी और कहने को तो उसे दादी जी ने अनाथ की तरह रखा था पर वास्तव में वह दादी जी के पलकों की छाव में रहा करती थी!

दादी जी तो वह महिला थीं जिन्होंने नालायेनी के लिए अपने सगे बेटे से मुंह मोड़ लिया था लेकिन उनके होते हुए नालायेनी पर कभी एक आंच ना आने दिया!

और गांवों में ऐसा माना जाता था कि दादी जी की पिछली पीढ़ियां बादशाह जहांगीर और रानी मेहरून निशा की नई पीढ़ी थी!

बेचारी नलायेनी सदेव दूसरों के बारे में सोचती रहती थी, लेकिन अफसोस दादी के जाने के बाद से अब तक उस परिवार ने कभी नलायेनी के बारे में नहीं सोचा जिसे जरूरत पड़ती वह उसे अपने घर कभी भी रसोई संभालने बुला लेता मगर दुख इस बात का था कि कोई निस्वार्थ भाव से कभी ना बुलाता था!

पर अब नलायेनी का भाग्य बदल गया था!

नलायेनी जैसे ही जिया को लेकर सियाह घर पहोंची, और वह जिया को लेकर सियाह घर रहने लगी तभी एक दिन सियाह घर पते पर एक चिट्ठी आई जिसमे लिखा था, यदि हमारी बहन नलायेनी ये चिट्ठी पढ़ रही है तो उस के लिए एक खुश खबरी है और वो ये है कि मैं निखत और तुम्हारे जीजू उस्मान जी हम दोनों मेरी प्यारी बहन नलायेनी तुम से मिलने आ रहे हैं और हम तुम्हें मुंबई अपने साथ ले जायेंगे!

हमे पता नहीं चल पाया था कि मां और अब्बा नहीं रहे, और अब जब पता चला तो ये भी पता चला है कि मेरी जान तुम को किसी अजीब से खानदान वालो ने नौकरानी बना रखा है, मेरी उस खानदान वालो से अगर बात हुई तो मैं उन सब को ऐसे नही छोड़ दूंगी!

इस बात का मुझे बहुत दुख है कि इतने दिनों से तुम से बात तक ना हो पाई!

पर अब तुम चिंता मत करो नालायेनी मैं बस कल सुबह तक पहुंच जाऊंगी!

चिट्ठी की लिखावट देखकर और चिट्ठी पढ़कर नलायेनी के चेहरे पर मुस्कान आ गई और वह अपनी बहन के साथ बिताए गए हर पल को याद करके रो पड़ी!

अब तो नलायेनी तीस वर्ष की हो चुकी थी, बेचारी का कोई सहारा था तो वही थे उन की मां समान बहन और पिता समान जीजू!

वहां सियाह घर में नलायेनी आंटी और जिया एक साथ बैठी बातें कर रही थी नलायेनी जिया से उस संध्या को हुए वारदात पूछना चाहती थी परन्तु जिया उनकी इशारे में की गई बात नही समझ पा रही थी, आखिर कर दो तीन बार पूछने पर जिया समझ गई कि नलायेनी आंटी शायद उस बारे में बात करना चाहती हैं जो मैंने अब तक उन्हें नहीं बताई है ये सोच कर वह कहती है नलायेनी आंटी वहां एक आदमी ने पकीजा अप्पी को मार दिया था और पिछली बीती कुछ ऐसी बातें याद आते ही वह रोने लगती है!

क्योंकी वह इस सदमे को सहने के लिए बहोट छोटी थी वह उस समय सिर्फ नौ साल की बच्ची थी!

नालायेनी जिया की लिप्सिंग को पढ़ लेती है परन्तु वह जिया को लेकर अब और चिंतित हो जाती है क्योंकी यदि जिया नादानी में किसी को इस बारे में कुछ भी बता देती है तो फिर वह खतरे में पड़ सकती है!

नलायेनी मन ही मन सोचती है कि पहले उसे जिया को सुरक्षित रखना होगा क्योंकी जिया पहले से ही खतरे में थी और अब दो दो कारण हैं लेकिन फिर भी मैं स्वयं से ये वादा करती हूं कि जब तक यहां उस खानदान में हूं तब तक जिया की सुरक्षा के लिए कुछ न कुछ करना ही होगा!

उधर एक ओर हाजी साहब जिया को ढूंढने के लिए अपने आदमी लगा देते हैं उन्हें शक था कि शायद जिया ने उनकी योजना भांप ली है और अब वह उस बात को ही दफनाना चाहते थे मगर बिना उसको पकड़े कैसे करते ये सोच कर हाजी साहब तभी पाकीजा की लाश को रेलवे पटरी पर रखवा कर हादसे का नाम दे देते हैं!

आखिरकार वो दिन आ ही गया जिस दिन का नलायेनी इंतजार कर रही थी आज उसके परिवार वाले अर्थात उस की सगी बहन निखत और उस के जीजू उसे अपने साथ ले जाने के लिए महादेव गांव आए थे!

जहां जहां आने के बाद उन्हें पता चला कि वह एक पठान खानदान के हाजी साहब के घर में रसोई घर में काम करती थी !

काम करते देख बहुत क्रोधित हुए और इस क्रोध के कारण उन्होंने इस खानदान से बिना कुछ बातचीत और बिना कोई लेन देन के वहां से अपनी बहन को लेकर चले गए ! जिया अब और भी अकेली हो चुकी थी एक नालयेनी हीं थी जो उसका सहारा बनती थी जो उसके सपनों को पूरा करती थी लेकिन अब उसे उस के सपनों तक ले जाने के लिए उसके सपनो की नालायेनी जैसी कोई परी नहीं थी अब उसके साथ और कोई नहीं था!

एक चाची ही थी जो सदैव ही नलायेनी और जिया की मदद के लिए तत्पर रहती थी! पर अब तो जिया की चाची को भी जावेद अर्थात जिया के चाचू ने जिया से दूर कर दिया क्योंकि वह ये बात समझ गए थे कि जिया की मां अर्थात माही की आत्मा जिया के साथ मरने के बाद भी उसके साथ रहती है मगर वह जिया को सदैव ही सुरक्षित रखती है और वह जिया को उसके होने का आभास भी कराना चाहती है!

इस लिए जावेद ने जिया को परेशान करना छोड़ दिया था और वह अब जिया के परिवार वालों में आग लगा कर तमाशा देखना चाहता था, जिसके लिए उसने बहोत प्रयास किए लेकिन असफल रहा!

अब जिया अपने अकेलेपन को दूर करने के लिए घंटों आसमान को तकती रहती और अगर तब भी वह शान्त ना होती तो अपने प्यारे घोड़े हिन्नू से बात करती रहती थी जिसे वह अपना इकलौता भाई मानती थी! पर किसी के गलत इरादों ने एक दिन जिया के खाने में जहर मिलाकर जावेद के हाथों भेज दिया, इससे पहले कि जिया वह खाना खाती तभी अचानक उस खाने को घोड़े ने खा लिया, और वह खाते ही जिया को अकेला छोड़ कर इस दुनिया से दूर चला गया!

दीप जलाओ कोई या अंधेरे से निकालो

पास मेरे नहीं आ सकते तो अपने पास बुला लो

खुशियां होकर भी नहीं होंगी तेरे जाने के बाद

लोग कहते हैं सिर्फ अपना तुम सच में अपना बना लो!

उसी दिन के बाद घोड़े की याद में आसमान को

घंटों ताकती रहती जिया आज सोलह साल की खूबसूरत कुंवारी अपसरा बन गई थी फिर भी

वह अंदर से श्वेत और कोमल थी!

आज सात साल बीत गए थे और हवेली के बंगलों में हर जगह खुशियों का माहौल था लोग जश्न मना रहे थे क्योंकि आज के दिन शाकिर की शादी का दूसरा सालग्रह था।

फूफी मुझे पहले नहाने दो, फूफी जान पहले,

नही पहले मुझे जाने दो कहते हुए कुछ बच्चे सुबह सवेरे बाथरूम के सामने लाइनें लगाकर खड़े थे, घर में चारों तरफ चहल - पहल था कोई किसी से साबुन की बट्टी मांगता, कोई टॉवेल मांगता तो कोई श्रृंगार का सामान तो कोई इन सब के बीच में से घूम घाम के हवेली के किरदारों से वाकिफ हो रहा था, और वो इंसान थे जिया पर नज़र रखने वाले चाचा जो जिया को चील की नजरें गड़ाकर ढूंढ रहा था।

उतने में किसी अप्सरा की तरह आगे बढ़ती हुई कोई हूर नज़र आ रही थी जो धीमी स्वर को ऊंचा करके कह रही थी अम्मी मेरे बाथरूम में कुछ गेस्ट गए हैं नहाने के लिए काफी देर लग रही है उन्हें तो क्या मैं आपका बाथरूम यूज कर सकती हूं आज।

ये कैसी बातें कर रही है बेटा इसमें तेरा क्या मेरा क्या भला ऐसे भी कोई पूछता है अपने घर में।

अम्मी जान की बाते सुन कर जिया चोक सी गई

और फिर सोच में पड़ गई कि ये कैसा चमत्कार है, आज इस औरत ने मुझसे इतना प्यार से बात केसे कर लिया ये क्या हो रहा है ये कभी अम्मी होने का ढोंग करती है और कभी सच में अम्मी जैसा व्यवहार करती है पर आज ऐसे क्यों लग रहा है जैसे उसके शब्द सच्चे दिल से बोले हों उसने।

ला ला ला ला ...... हूं....... ओ.....।

गाना गाते हुए जिया के ठीक लेफ्ट साइड से फैसल आ रहा था जो जिया की चाची और जावेद का सगा बेटा था। जिया को फैसल टकराते देख जावेद के दिमाग में कोई अजीब सा षड्यंत्र दस्तक ले आया।

उसने रौब के साथ अपने बाजू खड़े ड्राइवर को

बोला ए गोपिया सुन आज से इस लड़की का हवेली की शहजादी की तरह ध्यान रखना जो बातों से नहीं माने ओ हालातों से जरूर माने हैं।

तभी गोपियां जावेद को सुनते हुए कहता है इसका क्या मतबल है बाबा तभी जावेद गोपिया को एक लात मारते हुए कहता है तू काम पर ध्यान दे गपशप पे नहीं।

बस तू इतना ही समझ कि अब तक कुएं के पास प्यासा खुद चल के जा रहा था पर अब कुवा खुद चलके प्यासे के पास आवेगा,इतना कहते हुए जावेद अपने कान पकड़कर

अचानक हसने लगता है ऐसा मालूम पड़ता है कि कोई अदृश्य शक्ति उसके कानों में गुदगुदी कर रही हो, महफ़िल में जोर जोर से हंसने के कारण आस पास की औरतें और बच्चे सब उसे देखने लगते हैं और भीड़ लग जाती है कुछ मेहमान एक दूसरे के कान में कह रहे थे क्या तमाशा कर रहा है ये जरा सी भी शर्म या इज्ज़त नहीं है हमारे बीच खड़े होकर इस तरह ठहाके लगाकर हस रहा है बेशर्म लाज लज्जा कुछ नहीं है।

जिया सब कुछ देख और सुन रही होती है और मुस्कुराते हुए अंदर चली जाती है। ये कैसा मजाक था आलिया तुम्हारे अब्बू को क्या हो जाता है बीच बीच मे।

आलिया जिया की बात पर कहती है पता नहीं जिया मैं क्या कहूं तुम तो जानती हो।

तभी जिया अपने बाल बांधते हुए कहती है अरे आलू तू टेंशन क्यूं लेती है सब ठीक हो जाएगा,

चाची सब ठीक कर देगी। तुम चिंता मत करो।

आलिया जो कि बचपन से जिया के साथ रहती थी उसके आगे पीछे घूमती रहती वह आज भी जिया के सबसे करीब थी।

संध्या हो गई थी लोग और मेहमान सभी जा चुके थे और वहां एक शान्त माहौल बन चुका था तभी सीढ़ियों के सामने खड़ी माही की आत्मा जिया की बात सुन कर मुस्कुरा देती है।

उसी संध्या को अचानक जावेद अफक के पास जाकर कहता है अरे अफक भाई कैसे हो अस्सलाम वा अलैकुम।

तभी अफक जावेद को हाथ मिलाते हुए कहता है वालेकुम अस्सलाम हां बिल्कुल ठीक हैं अल्हमदुलिल्लाह आप बताइए जावेद भाई,

कहिए कैसे आना हुआ।

क्या कहें बड़े भाई आप तो जानते हैं कि अपने दिल की कोई भी बात मैं आप से नहीं छिपाता, बस वही कहने के लिए आया था वैसे तो दुनिया भी उस फैसले को नहीं बदल सकती क्योंकि हमारे बच्चों ने खुद जो फैसला लिया है वह तो अब खुदा का फैसला है फिर भी सोचा एक बार आप से बात हो जाती तो भाई चारा भी बरकरार रहता।

अफक जावेद की बात सुनकर आश्चर्य में पड़ गया परन्तु थोड़ी देर सोच कर बोला मैं समझा नहीं जावेद खुल कर बोलो क्या बात है।

जावेद आगे बढ़ते हुए फैसल और जिया की साथ गुजरे हुए समय को अपने ढंग से बताने लगता है! अफ़क जावेद की बातें ध्यान लगाकर सुनने लगता है तभी जावेद कहता है देखो अफ़क तुम्हारी बेटी जिया ये तो अनाथ है ना इसके असली बाप का पता है हमे और ना ही इसकी मां जिन्दा है अगर ओ दोनों होते तो शायद बेटी को कोई अच्छा परिवार वाला ब्याह कर ले जाता पर बेचारी की तो किस्मत ही फूटी है अब तो एक ही सहारा है और वो है दहेज ज्यों तू दहेज दियो त्यों चट मंगनी पट ब्याह हुई जात!

और तुम्हारे पास तो दहेज का भी इक्को रुपया पैसा नहि है तो तू का करिहो अब ई सोच के हम तुहरे पास आ गए की एक समाधान हमरे पास है!

अगर फैसल का ब्याह जिया से कराए दिहो तो हमारे जिया बिटिया की जिंदगी और इज्जत दोनों बरकरार रहेगी!

का कहब है तुहार राय दिहा तनी!

जावेद ये कैसी बाते कर रहे हो तुम पागल हो गए क्या ये कभी भी नहीं होई सकत है!

मै तो समझा था कि तुम थोड़े से तो समझदार हो पर तुम तो पूरे बेवकूफ निकले मेरी बेटी जिया की शादी ओ भी तुम्हारे लंगड़े बेटे से कभी नहीं तुम्हें पता है न कि तुम्हारा बेटा लंगड़ा है और उससे कोई लड़की शादी के लिए तैयार नहीं होगी इसलिए तुम मेरी बेटी में कमियां ढूंढकर बराबर करना चाहते हो ये कभी नहीं हो सकता जो तुम सोच रहे हो!

चाय की कप रखते हुए अफ़क वहां से चला जाता है!

ये देख जावेद अपने गुस्से पर काबू नहीं कर पाया और पास में खड़े नौकर पर अपना गुस्सा उतार देता है जो नौकर बेचारा सिर्फ चाय का प्याला लेने के लिए वहां फूलों की फ्लॉवर पॉट के पास खड़ा देख रहा था!

वह डर कर कांप उठा जैसे ही जावेद ने उस से गुस्से से कहा तू क्या कर रहा है इधर जा जाकर प्याला रख कर आ!

साल आज कल हर गली का कुत्ता खुद को मेरा बाप समझने लगा है!

तूने मुझ पर भा◌ै◌ंक कर बहुत गलत किया है अफ़क अब देख तू मैं क्या कर सकता हूं!

जो मैं चाहता हूं ओ तो मैं कर के ही रहूंगा जो न कर पाया तो आपन नाक कटवा दी!

जावेद गुस्से से फिर से कुर्सी के नीचे बैठे कुत्ते को लात मारते हुए कुत्ते के ऊपर ही पान थूक देता है जिस पर कुत्ता अगले ही पल भौंक पड़ता है और ये सब कुछ देख थोड़ी दूर पर खड़ा नौकर मेराज कहता है जब कुत्ता पलट कर जवाब दे सकता है तो जिया के पिता जी क्यों नहीं!

दसवीं पास

आज जिया को क्या हो गया है बचपन से स्कूल टॉप कर रही है फिर भी इस लड़की को ज़रा भी ध्यान नहीं अपने एग्जाम्स की तैयारियों का!

हे अल्लाह मियां क्या होगा इस लड़की का एक्जाम जब सर पर आ जाता है तभी इसे ध्यान आता है कि लैंप चार्ज है कि नहीं ,पता है कि जैसे चुनाव खतम होता है इस गांव में लाइट लापता हो जाती है अब बताओ मैं क्या करूं दो दिन से न लाइट है और ना ही इन्वर्टर में ज्यादा चार्ज बची है अब इस में चार्ज हो जाए थोड़ा तो ही अच्छा है वरना कल पहला पेपर है जिया का रात में उसे पढ़ाई के लिए लैंप लगेगी ही!

और ऊपर से नुसरत जी जब देखो तब मेरी फूल सी बच्ची जिया से झाड़ू, कपड़ा ,बर्तन करवाती रहती है कम से कम आज एग्जाम के खातिर तो उसे पढ़ाई के लिए आज़ाद कर देतीं, न जाने उसके साथ क्या करके इन मां बेटियों को सुकून आएगा!

जिया की चाची नरगिस इतना कहकर अचानक

चक्कर खा कर गिर जाती है!

उनकी मदद करने के लिए पास में काम कर रहा

नौकर हवेली के आंगन में जाकर घर वालों को आवाज़ देते हुए कहता है बड़की चाची छोटकी चाची जिया बिटिया इधर आओ सब लोग देखो चाची को क्या हो गया है और घबराया हुआ जिया को चाची के पास ले जाता है और जिया जब उनसे पूछती है कि चाची को क्या हुआ बहादुर काका तब वह उससे कहता है नहीं पता बिटिया अचानक तो न जाने क्या हुआ बेसुध होकर गिर पड़ीं चाची आपकी!

अब आप ही देख लो बिटिया मैं जाकर चचा को बुला के लाता हूं!

एक ओर जिया चाची को पानी छिड़क कर होश में लाती है और फिर उनसे कहती है आप ने फिर से मेरी बात नहीं मानी मेरी चिंता क्यों करते हो इतना आप कि आप अपना भी ख्याल नहीं रख पाते हो!

अब आप यहां से कहीं नहीं जाओगे यहीं बेड पर आराम करोगे और अगर किसी चीज़ की जरूरत पड़ी तो काका को बोलो मुझे आवाज़ देंगे अभी संध्या हो गई है एक ही मोमबत्ती बची थी इसलिए मैंने आपके कमरे में मशाल लगा दी है मैं भी पढ़ाई करने जाती हूं अपने कमरे में मुझे बहुत कुछ रिवाइस्ड रिकवर करना है!

वहीं दूसरी ओर हवेली के दूसरे कोने में सियाह कोठरी में नुसरत और जावेद ने मिलकर काला जादू की मदद से माही की आत्मा को एक खूबसूरत बोतल में कैद कर लिया था!

और उन दोनों के इस षडयंत्र के बारे में नुसरत की बेटी ये सब देख कर ये सोचने लग जाती है कि अब जिया को नीचा दिखाने का सही समय आ गया है वह बिना देर किए जिया के कमरे में जाती है और चार्जिंग में लगे लैंप और फोन की प्लकिंग लूज कर देती है!

और जैसे ही वह रूम से निकलने लगती है

उसके सामने अचानक जिया को देख चौंक जाती है जिया उसका घबराया हुआ चेहरा देख पूछती है अरे क्या हुआ तुम इतना घबराई हुई क्यों लग रही हो!

या अल्लाह ये तो अच्छा हुआ कि इसने न कुछ देखा न सुना वरना इसकी मां की आत्मा चुड़ैल तो कच्चा खा जाती अरे लेकिन मैं किससे डर रही हूं इसकी मां की आत्मा को तो अम्मी ने कैद कर रखा है!

और इतना सोचकर मुस्कुराते हुए नगमा फिर कहती है हा नहीं तो कुछ नहीं!

जिया नगमा की बाते सुनकर वहां से अपना लैंप जलाकर टेबल पर रख देती है और फिर पढ़ाई करने लग जाती है!

तभी अचानक नीचे से तेज़ स्वर में कोई चीखता है मार दो मार दो और उस स्वर को सुन जिया भाग कर सीढ़ियों से नीचे जाकर देखती है तो वहां कुछ पापियों के साथ उसके

जावेद चाचा और शाकिर संध्या को घर लौटते पक्षियों और जानवरों का शिकार कर आनन्द ले रहे थे!

ये देख जिया बोल पड़ी शिकार तो कर सकते हो

पर उन्हें वापिस जिन्दा भी कर सकते हो क्या!

अरे शाकिर जंगल में ये नया स्वर किस पक्षी का है ज़रा मुझे भी बता ! आखिर किस की जुरत हुई हमारे प्रशिक्षण में टांग अड़ाने की? तभी ये सुनकर जिया बोल पड़ती है मैं हूं जो आपको ऐसा करने से रोक रही हूं क्योंकि ये गलत है बेजुबान जानवरों की बलि चढ़ाना ओ भी भोजन के लिए भगवान की कृपा से आपके पास सब कुछ है भोजन के लिए तो इन पक्षियों को मारकर खाने की क्या जरूरत?

जिया की बातें सुनते ही जावेद बोल पड़ता है अरे जिया तुम आओ आओ तुम्हार ही इंतज़ार कर रहे थे हम तभी तो सोच रहे थे हम कि आज ये पक्षी साला निशाना क्यों नहीं बन रहा हमारा!

अपने चाचू के मुंह से ऐसी बातें सुन कर जिया

सोच में पड़ गई कि न जाने ये इतने निर्दयी कैसे हो जाते हैं कि पल भर में किसी पक्षी की जिंदगी उजाड़ देते हैं!

जिया ने उन्हें बहुत समझाया पर उन सभी ने जिया की एक भी न सुनी और आखिरकार वह हार मानकर अपने कमरे में चली गई और वहां शांत होकर अपने पढ़ाई करने लगी !

उसने पढ़ना शुरू ही किया था कि अचानक लैंप बुझ गई और पूरे कमरे में अंधेरा हो गया जिया ने झट से लैंप को लेकर उजाले में बाहर गई और उसके टूटे हुए बटन को ठीक से लगाने लगी परन्तु बटन के साथ उस लैंप की चार्जिंग बैटरी भी समाप्त हो चुकी थी फिर ये देख वह बहुत दुखी हुई!

वह मन ही मन सोचने लगी ये ईयर बोर्ड परीक्षा है और मुझे इतनी आसानी से हिम्मत नहीं हारनी चाहिए अब चाहे कुछ भी हो जाए मैं हिम्मत नहीं हारूंगी और मैं तैयारी करके ही सोऊंगी पर जैसे ही जिया ने फोन उठाया उसने देखा कि फोन की बैटरी भी सिर्फ एक

प्रतिशत चार्जिंग है अब क्या करूं मैं न जाने ये क्या हो रहा है मेरे साथ अब तक तो मैं ने फर्स्ट चैप्टर की ही तैयारी की है और फोन भी अलार्म के लिए चार्ज होना चाहिए अगर मैं ने इसकी चार्जिंग इस्तेमाल कर ली शेष चैप्टर रिवाइस्ड के लिए तो फिर सवेरे अलार्म न बजेगा और मैं एक्जाम में नहीं पहुंच पाऊंगी!

हे भगवान अब क्या करूं मैं कुछ समझ नहीं आ रहा!

ये सोच कर जिया चिंतित हो उठी और अगले दिन की परीक्षा भगवान पर छोड़ कर रोते हुए

प्राथनाएं करते हुए सो गई!

मध्य रात्रि पश्चात जिया के सपनों में स्वयं सरस्वती मां ने दर्शन दिया और सपने में ही जिया ने उनके आशीर्वाद के साथ साथ उनके द्वारा दिखाए गए प्रश्न पत्र को भी पूरी तरह पढ़ लिया था जिसके चलते जब जिया सुबह सोकर उठी तो उसे अपने सपनों में दिखे प्रश्न पत्र की याद आई वह झट उठी और अपनी पुस्तक खोल उन प्रश्नों के उत्तर देखे और उन सब प्रश्नों की तयारी कर ली जिन्हें उसने अपने सपनों में देखा था और परीक्षा देने निकल पड़ी ! जिया इतने सारे परिस्थितियों से गुज़र रही थी मगर उसे ये भी नहीं पता था कि अभी उसके रास्ते में और भी कठनाइयां आने वाली थीं!

मगर भगवान ने अपनी कृपा जिया पर बनाए रखी,

उस दिन जब जिया परीक्षा देने के लिए घर से निकली और बस का वेट करने लगी तभी अचानक एक बुढ़िया सामने की रोड पर जाते हुए गिर पड़ी जिसे गाड़ी के सामने आने से पहले देख जिया ने गाड़ी के सामने से उसे बचा लिया परन्तु जिया को एक दूसरी गाड़ी ने सामने से टक्कर मार दी मगर फिर भी जिया हिम्मत न हारी और उठ खड़ी हुई सर पर लगी चोट को पट्टी से बंध दिया जिससे कि खून बहना बंद हो जाए और फिर अपनी परीक्षा के लिए कॉलेज बस पकड़ कर निकल पड़ी!

बस में चढ़ते ही उसके सर पर लगे चोट से खून बहकर गिरने लगा और वह दर्द वा निराशा से बेसुध होकर सीट से नीचे गिर पड़ी! बस के सारे बच्चे जिया के साथ नीचे उतरे आस

पास हॉस्पिटल भी थे और लोग भी लेकिन जिया ने सबकी मदद लेने से इनकार कर दिया और परीक्षा में बैठने की बात पर अड़ी रही आखिर कार लोगों ने जिया की जिद् से हार मान ली और अंत में एक लड़की ने जिया के फोन से डायल नम्बर में जाकर अर्जुन सर को कॉल कर दिया और इस तरह अर्जुन सर के फोन की रिंग बजने लगी पहले तो अर्जुन सर ने धीरे में जेब से फोन निकाली और जैसे ही उन्होंने कॉल पर बात की वह तूफानों की तरह बाइक लेकर निकल पड़े जिया को मेडिकल लैब में ले गए और वहां ड्रेसिंग करवाने के बाद वह जिया को अपने बाइक पर पीछे बैठकर अर्जुन वहां से कॉलेज ले जाते हुए रास्ते में बात करते हुए बोले तुम परीक्षा देना चाहती हो तो बिल्कुल दो मैं तुम्हारे साथ हूं और स्वयं को कभी अकेली मत समझना!

जिया उनकी बात सुनकर चुप रहती है और अगले ही पल जैसे ही वह कॉलेज पहुंचती है उनसे कहती है क्या ये सच है कि मैं परीक्षा दे पाऊंगी?

इससे पहले कि अर्जुन जिया की बातों का रिप्लाई करते वह अपने कॉलेज की अध्यापकों को देखने लगे और उनका रिएक्शन देख वह समझ गए कि इन सब के दिमाग में खराब खिचड़ी पक रही है वह जिया से बोले आप अन्दर जाओ जिया एक्जाम शुरू हो रहा है मैं ज़रा अपने कॉलेज के प्रिय अध्यापकों से मिलता हूं!

अर्जुन समझ चुके थे कि लोग बस मुंह पर नहीं कह रहे थे पर पीठ पीछे न जाने क्या कुछ नहीं बोला होगा!

उस दिन के बाद जिया उस दिन को कभी नहीं भूल पाई क्यूंकि उस दिन जिया के सपनों में दिखा क्वेश्चंस ही जिया की परीक्षा में आए थे, और इस कारण सरस्वती मां के आशीर्वाद से जिया ने अपनी परीक्षा पास कर ली!

रात के सपने सच हो गए तो जिया ने बोर्ड परीक्षा भी पास कर ली परन्तु क्या ओ सपने भी सच हो पाएंगे जिसे जिया ने हृदय के किसी कोने में जगा रखा था!

सपनों के सूज

कहते हैं तकदीर में जिसके उड़ान होती है, असल में उसके सपनों में भी जुबान होती है !

तेरी आंखों को हर किसी ने कहां भांपा तसनीम
ये ओ आंखें हैं जिनमें बड़ी अरमान होती है !
जो काफिले कहे जाते हैं सरफिरे पर रुकते नहीं
अक्सर उन्हीं काफिलों में ही बड़ी उड़ान होती है !
कई बार समय लगते हैं खुद को साबित करने में
पर देर से सही समय पहचान लेती है !
डरने वाले तो बहोत थे डराने वाले भी
डर उन लोगों को तेरे आंखों की ईमान से होती है!
वे आंखें ही रातों को रोती रही सोई नहीं
जिन आंखों में अपनों के खोने की गुमान होती है!

विश्वास

हवेली छोड़कर हवेली से थोड़ी दूर फॉर्म हाऊस पर जिया और उसका पूरा परिवार रहने लगा था

जिया अपने नए घर के साथ बहोत खुश थी क्योंकि अब वह फॉर्म हाउस पर खुद को सुरक्षित महसूस कर रहे थे! पर उसे क्या पता था कि दुरभाग्य उसका सदियों से पीछा कर रही थी!

आज अकेले बैठ दर्पण के समक्ष वह तो जैसे मौन धारण कर चुकी थी! दर्पण के सामने वह खुद को निहार रही थी मानव जीवन की हर विकार को आज पीछे छोड़ आई हो और अनजान खुशियों से नाता जोड़ चुकी हो तभी वह अचानक अपने निखरती जवानी के खूबसूरत चेहरे को देखकर ऐसे ही मुस्कुरा देती है और श्रण भर में ही वो चेहरा , मुरझाए फूलों की तरह लटक जाता है!

जैसे ही वह सोचती है अपना बीता हुआ कल उसके चेहरे की चमक अचानक रोने लगती है!

जिया के जीवन में परिवार तो था पर प्यार नहीं

अपने तो थे पर विश्वास नहीं! ये बात से तो वो सोच कर ही घबरा जाती थी कि न जाने कब तक मुझे ये सच छिपाना होगा कि मेरे सौतेले भाई साकिर राक्षस ने इतने साल से मुझे अपना शिकार बना रखा है!

और अब तो खुद से भी मुझे घिन आने लगी है

नहीं अब और नहीं हो सकता मैं चली जाऊंगी

बहुत दूर चली जाऊंगी इस घर से इस गांव से

और फिर शाकिर मुझे कभी नहीं मारेगा और न ही मैं अब उसके हवास का शिकार बनूंगी!

अब मैं अठारह साल की हो चुकी हूं और मैं मेरा जीवन मेरे अनुसार जीना सीख लूंगी! हवस का शिकार न बनने के लिए नव वर्षों से अपने ऊपर हो रहे अत्याचारों को वह सहन करती रही राक्षस की दुश्मनी का बोझ उठाती रही पर अचानक ऐसा क्या हुआ कि आज वह बिना शाकिर के भय और चिंता के वह खाना खाके चुपचाप जाकर सो जाती है! परन्तु जिया आज ये सोचकर सो गई कि आज वह चिंतामुक्त है और वो आज सुकून की नींद सो सकती है क्योंकि आज वह खाना ही नहीं खाई है उसने अपना खाना न खाकर बाहर फेक दिया

और खाली प्लेट राक्षस अर्थात शाकिर के समक्ष रखा जिससे उसे ये लगे कि उसने नींद की गोली मिलाई हुई खाने का प्लेट खाकर साफ कर दिया!

उधर शाकिर खाना खा चुका था और फिर जिया पर नज़र गड़ा कर बैठा था!

वह रोज जिया के खाने में नींद की गोली मिलाता था और आधी रात जब सब सो जाते और जिया पर दवाईयों का असर तेज हो जाता तो वह जिया को उसके कमरे से दूसरे कोठरी में ले जाकर घंटों रैप कर उसे वापिस लाकर उसके कमरे में छोड़ जाता ये सब कुछ होता रहा समय बीतते गया और मासूम सी बच्ची इस बात को किसी से नहीं कह पाती न ही वह स्वयं समझ पाती थी कि उसके साथ क्या और क्यूं हो रहा था?

ये बात समझने में उसे बहोत देर हो गई और एक दिन वह राक्षस स्वरूप शाकिर हवस की भूख में एक गलती कर ही बैठा वह जिया के खाने में नीद की दवाइयां मिलान भूल गया और जब वह मध्य रात्रि उसके कपड़े उतार रहा था तभी जिया जग गई उसकी गंदी हरकते जिया को अजीब लगी तो जिया ने उसे धक्का देते हुए कहा मैं अब्बू से कह दूंगी मुझसे दूर रहो मेरे पास मत आओ!

जिया को होश में देख शाकिर डर गया और उसका ये पाप किसी के हाथों न लगे इसलिए वह जिया का मुंह अपने हाथ से जबरदस्ती बंद कर के गार्डन में ले जाकर उसे मरने और मारने की धमकी दी शाकिर ने जिया को और उसकी इज्जत को अपने गंदे हरकतों से

मैला कर उसे एक कैमरे में कैद कर लिया और फिर जिया से बोला अगर तुम ने ये बात कभी किसी को कही तो मैं तुम्हारे इस वीडियो को वायरल कर के जीवन भर खुश रहूंगा लेकिन अगर तुमने किसी से कुछ नहीं कहा तो तुम्हारा बाप भी बच जाएगा हार्ट अटैक से और तुम भी!

शाकिर की बातों और अन्य हालतों ने जिया को

उसके भीतर ही कैद रखा और इस कारण अब जब जिया जिम्मेदार और नाबालिग हो चुकी थी तभी उसने अपने आप को उन मान मर्यादवों के दिखावटी चेहरे और लोगों से अधिक दूर ले जाने का प्रयास करने लगी!

यहां तक कि उसने आज इस बात की भनक किसी को न लगने दी कि वह खाना नहीं खाई थी और उसने राक्षस के कर्मों की सजा देने के तरीके सोच कर ही अपने हिस्से का खाना फेक दिया था जिसमें आज फिर राक्षस ने दवाईयां मिलाई थी अर्थात अब वह स्वयं लड़ना चाहती थी पर अपनी हालातों से हारना नहीं चाहती थी! आखिरकार जिया सोने का नाटक कर रही थी या वो सच में सो गई थी?

पर अब तो भगवान भी चाहता था कि राक्षस अर्थात शाकिर की पापों का घड़ा फोड़ दिया जाए! और ये शायद वही दिन है जब उसके रहस्यों का सूज खुलने वाला है! और ये उसके पाप का अंतिम दिन था!

इधर जिया जैसे ही सोई शाकिर झट से जिया के कमरे में पहुंच गया और जैसे ही उसने जिया को हाथ लगाये जिया उठ खड़ी हुई उसने कहा मुझे पता था कि तू आयेगा मेरे पास इसलिए मैं नीद की दवाइयों वाला खाना नहीं खाई थी और मैं ने वो पूरा खाना फेक दिया था तभी शाकिर को धक्का देकर जिया वहां से निकल गई जिया ने अगली सूर्योदय उस घर से निकलने का निर्णय लिया! जिया उस समय अपनी चाची के पास जाकर सो गई वह पूरी रात डरी घबराई बिस्तर में छुप कर रोती रही !अगले सूर्योदय से संध्या हो गई मगर जिया ने ना ही अर्जुन का काल उठाया और ना ही अपनी सबसे अच्छी दोस्त खुशबू का पर जिया ने अचानक न जाने क्या सोच कर अपनी दोस्त खुशबू का कॉल पिक किया और वह खुशबू(अपनी सहेली)की

आवाज सुनते ही रो देती है पर खुशबू उधर से फोन पर सवाल पर सवाल करती जा रही है,

जिया क्या हुआ कहां हो तुम सब ठीक तो है न

बोलो न जिया क्या हुआ!

अर्जुन सर ने कुछ कहा क्या जिया बोलो जिया

खुशबू के सवालों पर भी जिया कुछ नहीं कह पाती है और रोते हुए कॉल कट कर देती है!

मैं अपनी ज़िंदगी के सबसे करीबी सबसे अहम इंसान को घर से दूर जाने से पहले एक बार देखना चाहती हूं और इस में तूही मेरी मदद कर सकती है मेरी जान मुझे माफ कर दे आज तुझे अपने पास बुलाना पड़ा !

इतना सोचते हुए जिया खुशबू के आने की राह देखने लगती है और जैसे ही उसे महसूस होता है खुशबू के आने की वह मन ही मन कहती है

मैं जानती थी तू जरूर आयेगी खुशबू और इसलिए मैं तेरा राह देख रही थी!

वह बढ़कर खुशबू को गले लग जाती है और फिर उससे कहती है पहले तू मेरी कसम खा किसी को नहीं बताएगी मेरे जाने से पहले कि मैं ये घर छोड़कर जाने वाली हूं एक तू ही तो सहारा है अब! जिया की बातें सुनकर खुशबू समझ जाती है कि वह किसी बड़ी परिस्थिति से गुजर रही है वह जिया को गले लगाते हुए कहती है अरे जिया तू घबरा क्यों रही है बता मुझे क्या बात है मैं तो हमेशा तेरे साथ हु तू ही कहती है न बता मुझे जिया क्यों परेशान है तू!

खुशबू तुझे क्या बताओ मैं बस तू इतना समझ ले मेरी किस्मत मुझे ऐसे मोड़ पर लाकर छोड़ी है कि न किसी को यहां मुझ पर विश्वास है और न ही मुझे किसी पर, कहते हैं यार जहां प्यार होता है रिश्ता होता है वहां विश्वास होता है यहां तो सिर्फ रिश्ता है प्रेम और विश्वास नहीं!

इस जीवन में एक मुख्य बिंदु होता है परिवार

और जब वही साथ न हो तो प्यार परिवार रिश्ते कुछ नहीं मिलते खैर ये सब मैं तुझे बाद में बताऊंगी!

इतना कहते हुए जिया अपने हाथ से खुशबू को घर के एक कोने में लेजाकर एक पेपर और पेन देती है, खुशबू जिया का मुंह देखने लगती है और फिर कहती है जिया अब मैं इसका क्या करूं !

जिया कहती है, इसमें क्या लिखूं कुछ समझ नहीं आ रहा बस एक चिट्ठी लिखनी है अब्बू के नाम!

क्योंकि जैसे ये चिट्ठी तू उन्हें देगी वो घर में आ जायेंगे मुझे ढूंढने या देखने कि मैं सच में चली गए क्या और तभी मैं अब्बू को एक आखिरी बार देख लूंगी फिर उनसे बहुत दूर चली जाऊंगी!

और हो सकता है इन सब बीच ये सदमा मेरे अब्बू सहन न कर पाए तो तू प्लीज़ मेरे अब्बू को संभाल लेना!

इतना कहते ही जिया के हाथ कांपने लगे न जाने वो ये कदम कैसे उठाती!

आज मैं एक ऐसा कदम उठा रही हूं न जाने इन्हें छोड़ कर भी इन बंधन के बेड़ियों से छूट पाऊंगी या नहीं?

जिया लंबी सांस भरते हुए बोली, तभी जिया की बात सुनकर आंखों में जुदाई के आंसू लिए खुशबू बोल पड़ी अपनों के बंधन कभी नहीं टूटे आज तक तोड़ी गई तो सिर्फ बेड़ियां ही!

उधर दूसरी ओर अफक अपनी बेटी की सुरक्षा को लेकर चिंतित हो उठा था वो आज पुल के किनारे पर खड़ा था वह मन ही मन सोच रहा था कि पुल भी तो बिना सहारे के खड़ा नहीं है फिर मैंने अपनी बेटी जिया को अपनी आंखों से दूर रखा और उसकी हिफाजत भी नहीं कर पाए बिना सहारे के उसे छोड़ दिया जब जिया ने पुलिस कंप्लेन किया था तब भी मैं उसकी बातों को अनसुना कर दिया वह कहती रही चीखती रही कि

उसका भाई ही उसका..और रोते हुए अफाक फिर कहता है मगर मैं उसके दर्द को नहीं समझ पाया अब मैं रोया भी तो कोई फायदा नहीं मैने अपनी इज्जत बचाने के लिए अपनी बेटी को झूठी साबित कर दिया मुझे जिया से मिलना ही होगा मेरी बेटी जिया, अफ़क भागता हुआ घर गया वहां पहुंचा तो उसने देखा कि वहां खुशबू खड़ी थी वह अपने आंसू छिपाते हुए खुशबू से बोला जिया कहां है, इससे पहले कि खुशबू कुछ बोलती उसने बिना कुछ बोले अफ़क के हाथ में एक चिट्ठी रख दी और फिर वहां से चली गई! अफक उस चिट्ठी को अपने हाथ में ले कर पढ़ता है जिस में लिखा था ,

अस्सलाम वा अलेकुम

अब्बू जान,

मैं आपको और अपना ये घर छोड़कर बहुत दूर जा रही हूं

मुझे आपकी बहुत याद आयेगी अब्बू और मैं ये भी जानती हूं कि आपको भी हमारी याद आयेगी पर क्या करूं मैं मजबूर थी काश कोई मेरा भरोसा करता जब दादी थी तो मेरी हर बार ख्याल रखती थी पर जब से दादी चली गई इस दुनिया से मुझसे तो जैसे खुद आप भी रूठ गए और खुदा भी,हमारे ऊपर सदैव अत्याचार हुआ कभी ज़ख्म दिया गया और कभी उन्होंने ज़ख्मों पर नमक छिड़का गया सब कुछ सहती रही मैं पर अब आप से भी न्याय की कोई उम्मीद नहीं रही इस लिए मैने आपको आपके उस परिवार को खुश करने का मौका दिया है अब्बू आप उनका और आपका सदैव ध्यान रखये!

आपकी इस में कोई दोष नहीं इस लिए मुझे छमा कर दीजिएगा !

अल्लाह हाफिज

आपकी बेटी जिया

अगले दिन जब जिया की आंखें खुलती है तो वह ट्रेन में सामने वाली सीट पर बैठे हुए लोगों से पूछती है अभी कोनसा स्टेशन है ये सीट पर बैठे सभी लोगों में से एक ओल्ड एज व्यक्ति जिया की बात सुनते हैं और फिर कहते हैं बेटा ये झांसी है मुंबई तो अभी सुबह तक पहुंचाएगी अभी बहुत समय है!

उनकी बात सुन कर जिया को अपने अब्बू जान की याद आने लगती है जिन्हें याद करके वह विंडो की तरफ़ अपना चेहरा छिपकर रोने लगती है जैसे कि उसकी आंसुओं को किसी की नज़र न लग जाए वह कुछ इस प्रकार से अपने चेहरे को छिपा रही थी!

दूर सफर तो कर ही चुकी थी अब तो मंजिल की चाहतों में बिखरी थी ,

यादें समेट कर अपने साथ एक कली फूलों के चमन में निखरी थी।।

इधर जिया के पिता जी चिट्ठी पढ़ने के बाद

से अब तक बस जिया के बारे में सोच कर पागल हो चुके थे और जिया की तलाश में हर घर हर गाँव गए मगर वह उन्हें कहीं नहीं मिली क्यूंकि वह अब महाराष्ट्र राज्य के सबसे बड़े शहर मुंबई पहुंच चुकी थी! उधर जिया ट्रेन पकड़ कर वीटीएस स्टेशन पर उतरती है जहां उतरने के बाद ना ही वहां कोई उसे पहचानता था और ना ही वो किसी को!

मुंबई स्टेशन पर न तो वह कभी आई थी और न ही इतने बड़े शहर में कभी गई थी!

पर इस सिटी से तो बहोत पुराना रिश्ता था पिछले जनम की बहोट सारी यादें समेट रखी थी इस लिए शायद वो शहर अपना सा लगा!

जिया स्टेशन पर उतर तो गई पर घबराहट में इधर - उधर देखने लगी वह थोड़ा सा आगे बढ़कर जाती है तभी वहां अचानक एक औरत नज़र आती है जो जिया से कहती है लगता है आप इस शहर में नई आई हो? यहां सब कुछ नया नया लग रहा है न मेरे साथ कुछ ऐसा ही है मैं भी तुम्हारी तरह इस शहर में नई हूं मैं भी पहली बार आई हूं, मेरी बेटी रिया मुझ से मिलने यहां बस आती ही होगी इतना कहते ही वह आंटी जिया से फिर कहती है क्या हुआ बेटा आप बहोत उदास लग रहे हो लगता है किसी ने आपका दिल

दुखाया है! इतनी देर से शान्त जिया आंटी के इस प्रश्न को सुनते ही सिसक कर रो पड़ती है उधर जिया के प्रेमी अर्जुन जिया के चले जाने की खबर सुनकर प्रेम शब्द से नफ़रत करने लग जाते हैं और इधर आंटी जिया को बिलख कर रोते देख पिघल जाती हैं और लपक कर जिया को गले से लगा लेती हैं,

जिया किसी अजनबी औरत को इतना प्यार करते हुए पहली बार महसूस कर रही थी और इसलिए उन पर विश्वास करने की भूल नहीं करना चाहती थी, क्योंकि वह इस जीवन में अब तक कांटों के सिवा फूलों का भी शिखर है नहीं जानती थी!

अरे बेटा रोते नहीं आप मुझे बताइए क्यों रो रही हैं आप अगर आप कंफर्टेबल हो तो मुझसे आपकी समस्या शेयर करो हो सकता है मैं आपकी कुछ मदद कर सकूं, मगर जिया वो आंटी को एक अजनबी समझ कर कुछ भी कहने सुनने से इंकार कर देती है नहीं आंटी जी मैं बिल्कुल ठीक हूं!

और जिया के अचानक चुप होने की अंदाज आंटी जी को बहोत पसन्द आती है तो वह जिया से खूब बातें करना चाहती है पर वह ये जिया से कैसे कहती इस लिए थोड़ी देर बाद आंटी जिया से फिर बोली बेटा वैसे आपका नाम क्या है आप प्रॉपर कहां से हो?

जिया उनके सवाल पर आश्चर्यचकित होकर कहती है आप क्या करोगे मेरे बारे में जानकर आप बस इतना ही समझो आंटी जी कि मैं अजनबियों से बात नहीं करती

जिया के इस रूखे अंदाज़ से आंटी को तो पहले बुरा लग जाता है फिर वह थोड़ा सोचकर कहती है बेटा आप तो बुरा मान गए बेटा आप जैसा समझ रही हो मैं वैसी बिलकुल नहीं हूं आपके जैसे मेरी भी एक बेटी है रिया बस आप एक बार उस से मिलो फिर आप ट्रस्ट जरूर कर पाओगे हम पर, मैं तो बस आपको हेल्प करना चाहती थी इतने बड़े मुंबई शहर में आसान नहीं अकेले रहना और जीना!

आप खतरे में न पड़े बस इस लिए कहना चाहती थी मैं!

आंटी की बाते सुनकर जिया उन पर थोड़ा विश्वास जताते हुए कहती है ठीक है आंटी जी आप चिंता मत करो मैं आपकी बेटी के आने तक यहां आपके साथ रुकती हूं, वैसे आपकी रिया बेटी जब तक नहीं आ जाती हम यहां बैठकर वेट कर सकते हैं?

जिया के कहने पर वह आंटी अर्थात स्ट्रेंजर वूमेन अपना बैग उठाकर अपने और जिया के बीच सीट पर रख देती है और वह बैग पर हाथ रख कर अपनी बेटी की प्रतीक्षा करने लगती है!

परन्तु पांच मिनट बीत जाते हैं फिर भी वहां कहीं उनकी बेटी रिया नज़र नहीं आती है इस कारण आंटी परेशान होकर बार बार अपने फोन से रिया को कॉल करती है मगर उनका कॉल भी उनकी बेटी रिया पिकअप नहीं करती है क्योंकि वह ड्राइविंग कर रही होती है! अब आंटी पहले से ज्यादा परेशान दिखती है वह कभी अपने पसीने पोछती है तो कभी बैग की पट्टी को सीधा करती है तो कभी टुड्डी पर हाथ रख कर कहीं विचारों में खो जाती है!

वहीं एक ओर जिया उन्हें इस तरह से बेचैन होते देख उनसे पूछती है आंटी आपको किसी चीज़ की जरूरत होगी या भूख होगी तो बेझिझक बोलो मैं पास के शॉप से लाकर देती आपको,

जिया की बात पर भरोसा करते हुए वह आंटी फिर जिया से कहती है बेटा आप मुझे वाशरूम तक ले जा सकती हो क्या यदि आपको मालूम होगा वाशरूम किधर होगा तो, आंटी जी आप चिंता मत करो मैं ले चलती हूं आपको लेकिन जिया वाशरूम ढूंढकर उन्हें अपने साथ ले गई तो उसने देखा कि वहां वाशरूम के भी पैसे लग रहे थे और वह तभी आंटी की ओर बढ़ कर कहती है सॉरी आंटी मुझे पता नहीं था यहां पैसे लगते हैं मैं तो एक रुपए भी लेकर नहीं आई हूं

इस से पहले कि जिया के वाक्य पूरे होते तभी आंटी ने बोल दिया इट ओके बेटा मुझे पता था असल में,बट मुझे आपको वहां इतनी भीड़ में छोड़ के आने की इच्छा नहीं थी बस इस लिए सॉरी बेटा आप मेरे साथ सेफ महसूस कर सकते हो ये मुंबई है बेटा मेरी

बेटी रिया भी कहती रहती थी कि मम्मी आप ट्रेन से उतरने के बाद किसी से बातचीत मत करना मुंबई सिटी है ये भोले भाले लोगों के लिए अच्छी नहीं है ये,

जिया और वो स्ट्रेंजर वूमेन एक दूसरे से काफी देर तक बात करती है और रिया के पहोंचने तक

उनके बीच एक विश्वास का बॉन्ड बन गई जिन्हें जिया के पास भगवान की ओर से शायद सहारा

बना कर भेजा गया क्यूंकि जब रिया आती है आंटी की बेटी तो जिया उनके साथ ही हो लेती है! रास्ते में अब वो तीनो बात करते हुए जा रही थी तभी आंटी ने रिया से कहा ये लड़की भली चंगी दिखती है इसे अपने ही पास कोई काम दिला दो बेचारी के माता पिता नहीं रहे घर छोड़ कर यहां आ गई, हो सकता है काम धाम करके खुद का खर्चा पानी भर का तो कमा लेगी, जिया के आंखों में आसूं भर गए थे फिर भी वह मुस्कुरा रही थी रिया ने उसका चेहरा देखा तो कहने लगी हे जिया तू यूपी से ही है ना हम भी उधर से ही हैं हम एक दूसरे की मुश्किलों को नही समझेंगे तो कोन समझेगा तू उदास है ना होना भी बनता है पहली बार मुंबई आई है तो फिर जायज है पर तू मुस्कुरा ऐसे रही है जैसे कितनी खुश हो!

देखते ही देखते उन दोनों की दोस्ती और उससे भी अधिक रिया की मां से हो गई!

अब वह एक साथ रहकर वडाला में एक होटल में मेहनत कर के कमाई करने लगे थे।

अब जिया बहोट खुश रहने लगी थी, वह अपनी इस नई जिंदगी में रंग भरना चाहती थी इसलिए उसने अपने अर्जुन सर से पढ़ाई की ऑनलाइन आवेदन कर के अपने पिछले झगड़े को भूलकर बात करने लगीऔर अर्जुन भी सपोर्ट करता रहा वह अब बहोत खुश रहने लगी थी पर उसे क्या पता था कि नियती क्या खेल खेलने वाली थी एक दिन जब जिया बाहर खड़ी थी तो उसका फोन रिंग करता है तभी रिया ने जिया को चिढ़ाते हुए कहा जिया तुम्हारा कॉल रिंग कर रहा है शायद तुम्हारे अर्जुन जी हैं कॉल पर अरे देखो तो अर्जुन का नाम सुनते ही चेहरे पर मुस्कान कैसे छा गई

सच कहूं बड़ा कमीना होता है ये प्यार, रिया की बाते सुनकर जिया शर्मा गई और फिर अर्जुन का कॉल पिक कर के आंगन की सीढ़ियों पर जाकर बैठ कर बातें करने लगी! इधर जिया लाखों सपने सजाए अर्जुन और अपने शादी के सपने देख रही थी उधर अर्जुन जिया को

ना चाहते हुए भी गलत समझ चुका था वह मन ही मन जिया से बदला लेने का तरीका सोचता रहा और ऊपर के मन से दिखावटी जिया का शुभ चिंतक बना रहा,

परन्तु आज अर्जुन ने बिना जिया को हार्ट ब्रेक किए अपने इस रिश्ते को ब्रेक लगा दी क्यूंकि अर्जुन को हमेशा ही लगा था कि जिया ने भी उसके साथ ऐसे ही धोखा किया था जो बिना बताए अपनी इच्छाओं को पूरी करने के लिए वह उसे छोड़ कर चली गई और इस लिए वह अब जिया से बदला ले रहा था अर्जुन ने धीरे धीरे जिया के चाचा और लोगों तक ये अफवाह समाचार पत्रों की तरह फैला दी कि जिया अपने स्वार्थ के लिए अपना सब कुछ छोड़ कर किसी अन्य प्रेमी के साथ भाग गई! लोगों में ये बात एक हद तक बढ़ी लेकिन अफक के तो हृदय को चीरकर निकल चुकी थी! बरसों से जिसे अच्छी समझा गया आज वही जिया

उनके लिए इज्जत पर बोझ बन चुकी थी अब वह इस इज्जत को जड़ से मिटाना चाहते थे इसलिए उन्होंने पुलिस और अर्जुन की मदद से जिया की ठिकाने का पता लगा ही लिया!

और फिर जिया को मुंबई से पुणे ले आए, जहां पुणे में लाकर उन्होंने जिया को पढ़ने लिखने की आज़ादी तो दी परन्तु करियर बनाने के खिलाफ़ थे वह किसी के द्वारा बताए रास्ते पर नहीं चलते तो जिया की क्या ही सुनते यदि वह किसी की बातों पर फोकस करते थे तो वह था जिया का चाचा जिसने बहोत सारी प्रयत्नों के बाद वापिस अफक पर जादू टोना करना प्रारंभ किया जावेद की ख्वाहिश फिर से जाग उठी जब उसे पता चला कि अफक को जिया वापिस मिल गई है!

अपना कौन प्राया कौन

तब से जिया के अब्बू ने जिया को एक कैदी की तरह जीने पर मजबूर कर दिया क्यूंकि जिन बातों को लेकर वह जिया को ढूंढने निकले थे वही चंद बातें सुनाकर वह जिया को मैली गंदी और अपवित्र कहने लगे थे!

एक दिन जिया ने जब उनसे अपनी पढ़ाई पूरी करने की बात की और उनसे जाकर अब्बू मुझे पढ़ाई पूरी करने दीजिए अगर आपको तब भी लगेगा कि मैं रॉन्ग हु तो मेरी पढ़ाई छुड़ा कर मेरी शादी कर दीजिएगा और

तब आपकी पसंद का लड़का भी मुझे मंजूर होगा!

जिया के अब्बू ने जिया की ये शर्तें मान ली और जिया का एडमिशन से लेकर सर्टिफिकेट बनवाने तक की जिम्मेदारी उन्होंने अपने कन्धों पे ले ली!

पर शायद नियति को ये मंजूर नहीं था इसलिए कुछ दिन ही बीते थे कि जिया के अब्बू की तबीयत खराब होने लगी और जावेद के द्वारा किया गया टोटका तेज़ी से काम करने लगा अब अफक अपनी अच्छी खासी नौकरी छोड़ कर वहां से जिया को लेकर गांवों चला गया! उसी दिन से उन्होंने जिया से किया गया वादा पीछे छोड़ दिया और पूरा परिवार मिलकर जिया की शादी करने की तयारी में लग गया! जिया आए दिन इसी बात से कुढ़ती रही कि जो इल्जाम उस पर लगा ओ झूट था फिर भी वह उसे झूठा साबित नहीं कर सकी और फिर उसके अर्जुन ने भी उसे धोखा दे दिया बेचारी का अब था भी तो कौन जिससे ये उम्मीद करती कि कोई उस पर विश्वास करे!और फिर एक दिन कुछ ऐसा हुआ कि जिसके बाद वह स्वयं को घर छोड़ कर जाने से रोक ना सकी, आखिर में एक बार फिर वह थक ही गई अपने परिवार और अपनों के धोखेबाजी से नफरत से, और पुणे वापिस चली गई परन्तु उस समय उसके पिता जी अफक भी उसके साथ पुणे आ गये! एक दिन जब जिया ने बिस्तर पर ही अपनी आंखें खोली तो उसने देखा कि उसके अब्बू जान रेडी हो रहे थे और कहीं जाने की तैयारी में लगे हुए थे तभी जिया बोल पड़ती है अरे अब्बू आप आज भी office जा रहे हैं क्या आप आज तो घर पर रुक जाते घर के कुछ सामग्री लाने थे और आपको तो पता है एलपीजी सिलेंडर भी खाली हो गया है घर में तीन महीने पहले राशन लाए थे आप तबसे कोई राशन नहीं लाए हैं कोई बात है

क्या अब्बू मैं देख रही हूं आप काफी परेशान रहते हैं अब्बू मुझ से न आपसे कुछ बात करने का समय रहता है और न ही छुट्टी का दिन आपका छुट्टी का दिन रहता है ,हर बार आप सन्डे कहकर चले जाते हैं और कोई भी संडे आपका संडे नहीं होता, ये हवेली थोड़ी है अब्बू कि नौकरों को बोल दूंगी और फिर वो खाना पानी लाकर दे जायेंगे यहां हम रेंटेड हैं हमें खुद लाना पड़ता है, जिया की बातें सुनकर अफक के आंखों में आसूं आ गए और तभी वह निकल कर जिया को अपना फोन देते हुए कहता है ये लो बेटा फोन आप को जो चाहिए कोई भी चीज इससे ऑनलाइन मंगवा लो और इसका पासवर्ड भी आप ही का बर्थ डेट है, थोड़ा आजकल व्यस्थ हूं बेटा काम हो जाने के बाद आप को किसी चीज की कमी नहीं होने दूंगा!

बस तब तक आप अपने पढ़ाई पर ध्यान केंद्रित किया करो!

जिया ने आज से पहले उन्हें इतना परेशान कभी नहीं देखा था उस समय तो जिया फिर उन्हें कुछ नहीं बोली परन्तु मन में ही बोली कोई तो बात है जो अब्बू छिपा रहे हैं उसे अब्बू पर शक हुआ तो सच जानने के लिए कड़कती धूप में दुपट्टा बांधकर वह उनके पीछे निकल पड़ी , और जैसे वह अपने पिता जी का पीछा करते हुए उस लोकेशन पर पहुंच जाती है तो वह देखती है कि उसके पिता जी एक लॉयर से मिलते हैं और फिर उससे हाथ मिलाते हुए कहते हैं आप फाइल सबमिट करें ताकि मैं अच्छे दिन देख सकूं, और वह कुछ डॉक्यूमेंट पर साइन करके वापिस आ जाते हैं, जिया भी वहां से उनके पीछे निकल जाती है रास्ते में वह जाते - जाते सोचती है बस एक फाइल के लिए अब्बू इतना दूर हमेशा थोड़ी आयेंगे शायद कुछ ऑफिस का काम होगा

लगता है मैं ज्यादा सोच रही हूं मुझे घर अब्बू से पहले पहोंचना होगा वरना उल्टा उन्हें मुझ पर शक हो जायेगा

और फिर वह उनसे पहले घर पहुंच कर उनके लिए खाना बनाती है और फिर अपने अब्बू जान के साथ बैठकर खाना खाती है! तभी उसने अपने अब्बू को

धीरे से बोला अब्बू आपका बर्थ डे क्यों नहीं मनाते आप

हम आपका बर्थ डे मनाएंगे अब, और मैं चाहती हूं कि उस में मेरे कुछ खास दोस्तों और आपके परिवार को भी बुलाऊं यहां पर , क्या कहते हैं आप अब्बू मेरा सुझाव कैसा है!

तभी अफक की बात सुन कर वह सोच में पड़ गई जब

उन्होंने कहा बेटा तुम को चाहे कितना ही सीखा दू कि हमारे मज़हब में ये सब नहीं किया जाता है फिर भी तुम सीखती और सुनती नहीं अरे कभी तो अपने मज़हब की दो चार बाते सीख लिया करो! जिया बहोत ही समझदार और सुविचार वाली कन्या थी उसे मज़हब और धर्म जाति से इंसानों को बांटने में या फैलाने में कोई दिलचस्पी नहीं थी लेकिन वह किसी भी धर्म का अपमान कभी नहीं करती थी वह रत्नों को धर्म के समान तो नहीं पर धर्म को रत्नों के समान जरूर रखती थी, जिया अपने सुविचारों से सभी का दिल जीत चुकी थी , और अगले दिन ही वह कम्प्यूटर क्लास जाने के लिए अपने कुछ डॉक्यूमेंट नोट्स ढूंढने लगी तभी उसने आवाज़ देते हुए कहा अब्बू क्या आपने मेरा ओरिजनल आधार कार्ड देखा है पर जिया को उसके अब्बू की ओर से कोई रिप्लाई नहीं आता है तब वह कहती है अरे यार मैं भी कितनी पागल हूं भूल गई मैं कि अब्बू तो ऑफिस गए हुए हैं, एक काम करती हूं अब्बू के ड्रावर मे जरूर ड्रावर मे ही होगा देखती हूं,इतना कहकर वह अब्बू के रूम में जाकर ड्रावर मे देखती है तभी अचानक उसे वो डॉक्यूमेंट दिखता है,जिस डॉक्यूमेंट की सेम कॉपी डॉक्यूमेंट कल जिया के अब्बू ने अपने हाथ से वकील के हाथ में दिया था और फिर जिया झट से डॉक्यूमेंट को अपने हाथ में लेकर देखने लगती है जिस डॉक्यूमेंट के पेज पढ़ने के बाद उसने कुछ खास ना समझ कर उसने इग्नोर कर दिया,परन्तु जिया ने जैसे ही दूसरा पेज ओपन किया उसने फिर जो देखा तो उसके पैरों के नीचे से जमीन खिसक गई ,

उसे अब अपनी आंखों पर यकीन नहीं हो रहा था, जिसे पढ़ते ही वह सोच में डूब गई फिर अचानक जिया घुटने के बल जमीन पर बैठ गई और खुद से पूछते हुए कहने लगी क्या ये सच है जो अभी देखा मैने, सब कुछ सच था पर फिर भी जिया ये एक्सेप्ट नहीं कर पा रही थी,

क्यूंकि उस डॉक्यूमेंट में एक नाम था माता का नाम माहरुख खान और पिता का नाम अफक बेटी का नाम जिया ये सब देख वह आश्चर्यचकित हो गई वह अपना गुस्सा उन कागज़ के टुकड़ों पर निकाल रही थी जो उन्हें अपने लेफ्ट साइड में फेंक कर रोए जा रही थी वास्तव में यकीन तो मुझे भी नहीं हुआ था तो वह कैसे कर लेती कि वह जो कुछ देख रही थी वह सब सच है? उन सभी डॉक्यूमेंट को गुस्से में फेंकते हुए जिया ने अपने हाथ में एक मामूली सा न्यूजपेपर का टुकड़ा देखा जो अपने आप में मामूली सा कागज़ होते हुए भी मामूली ना था, तभी जिया उसे साफ करके पढ़ती है जिसमें मोटे अक्षरों (मोटी हेडिंग) में लिखा था घर की बहु ने मैके में जाकर कर ली आत्म हत्या! अब जिया सच्चाई पूरा पढ़ चुकी थी मगर अब हर बात का जवाब भी वह अपने अब्बू से सुनना चाहती थी और जैसे ही संध्या को जिया के अब्बू घर आते हैं, जिया बहोत आदर और सम्मान के साथ उन्हें पानी देते हुए कहती है अब्बू मुझे आपसे कुछ बात करनी है मगर जिया के अब्बू उसे हल्के में लेते हुए उससे कहते हैं देखो बेटा अभी समय नहीं है बाद में बात करता हूं अभी आप जाओ आपका काम करो तभी जिया गुस्से में कहती है मैं आपकी बेटी हूं पर वो मेरी सौतेली मां है ये बात - आपने हमसे क्यों छिपाई, कहिए अब्बू आप हमारे भावनावो के साथ क्यों खेले हमें सच क्यों नहीं बताया आपने अब मैं सब कुछ जान चुकी हूं वो विषय भी जिसके कारण मेरी मां ने सुसाइड किया उसी केस के सिलसिले में आप और वह रोते हुए फिर कहती है मैने सारे डॉक्यूमेंट देखे मेरे बचपन के कपड़े मेरी मां की हर निशानी को आपने दिल से लगा कर रखा है लेकिन कब उनके चले जाने के बाद अब मैं सब कुछ जानती हूं फिर क्या सोचूं मैं आपके साथ जीने के बारे मे, आपने आपके परिवार ने मुझे बहोत दुख दिया पर अब नहीं अब मैं आपसे कहीं दूर जा रही मुझे ढूंढने का प्रयास मत करिएगा!

और इधर जिया इतना कहते हुए दूसरे रूम मे जाकर अपना बैग पैक करने लगती है और अचानक दूसरी ओर राक्षस साकिर और उसका पूरा परिवार आ जाता है वहां पर थोड़ी दूर पर खड़े ओ लोग जिया और उनके पिता जी का झगड़ा बहस सब सुन लेते हैं और फिर साकिर सामने जाकर अपने पिता जी से कहता है अब्बू आपने उस लड़की को अपने सर पर चढ़ा रखा है कि उसकी ये मजाल मेरे परिवार को उसने वापिस चेतावनी दी है

और कल ही फोन करके वह अम्मी को ये सब बोल रही थी कि हम लोगों ने उसके भावनावो के साथ खेला है उसने अपनी मां के मरने का ब्लेम भी आपको छोड़ कर हमारे ऊपर डाल दिया है और अब न जाने किस किस को जाकर बताएगी आपकी ये गलती हम सब पर भरी पड़ेगी आप मुझे नहीं भी बोलेंगे तो भी मैं इसे अब नही छोड़ सकता अब मै इसे जान से मार दूंगा,

साकिर का गुस्सा देख अफक चिल्लाते हुए कहता है इतना गुस्सा और जलाल ठीक नहीं होता साकिर रुक जाओ मगर साकिर गुस्से में तेज़ी से जिया की कमरे की ओर चला जाता है इधर जिया के पिता जी जैसे ही सकीर को रोकने के लिए आगे बढ़ते हैं वैसे ही नुसरत आगे बढ़ कर जिया के कमरे का दरवाज़ा अन्दर से बन्द कर लेती है और शाकिर जैसे ही कमरे में पहुंचता है वह अपने जेब से चाकू निकलकर जिया पर हमला कर देता है परन्तु जिया की सौतेली मां नुसरत वहां पहुंच जाती है और सकीर को एक थप्पड़ मार कर वहां से भाग जाने की सलाह देती है, बेचारी जिया चाकू को हाथ से निकाल कर दर्द और पीड़ा से बेसुध होकर जमीन पर गिर जाती है, और नुसरत पीछे के दरवाजे से साकिर को बाहर निकाल कर उसे बचाने के लिए खुद उसके गुनाहों को अपने सिर ले लेती है, और अफक के आंखों में एक बार फिर से धूल झोंक देती है, जिया अस्पताल में इलाज के लिए ले जाई गई और ठीक होने के बाद भी वह खुद के लिए कुछ ना कर सकी!

बड़े घाव के साथ उस हमले में जिया ने अपनी सौतेली मां का बड़ा ही अकास्मिक रूप देखा जिसके बाद वह उसे अच्छा समझने की भूल कर बैठी और फिर अपने अब्बू से कहने लगी अब्बू अम्मी इतनी बुरी भी नहीं है उन्होंने साकिर को बचाने के लिए खुद के जीवन की परवाह नहीं की!

जिया के अब्बू और कह भी क्या सकते थे वह तो नुसरत से इतनी नफरत करने लगे थे कि अब नुसरत का हमले करने के जुर्म में जेल जाना भी उनको मंजूर था, जिया अस्पताल में पड़ी आज़ादी को भूल चुकी थी उसे लगने लगा था कि उसका भविष्य सिर्फ उसके माता - पिता ही बना सकते हैं और जिन माता पिता को वह अब सम्मान देती थी अपना सब कुछ समझने लगी थी, वही माता आस्तीन का सांप बन चुकी थी और पिता अर्थात अफक तो पूरी तरह दूसरों की बात पर निर्भर हो गया था, जिसके कारण इस बार फैजान

ने भी जो कि जिया के बड़े अब्बू का बेटा था मौके पर पहोंचकर वह अफक के पास जाकर खड़ा हो गया और फिर उन के कान भरते हुए बोला अरे बड़े पापा आप ये किसके लिए दवाई ले रहे हैं जिया के पिता जी ने फैजान की ओर हॉस्पिटल मे एडमिट जिया की ओर इशारा करते हुए कहा जिया के लिए बेटा, तभी फैजान फिर से धीमी स्वर में बोला बड़े पापा आपको पता है ना दवाईयां किस पर असर करती हैं उन पर जो बीमार होते हैं जो शैतान के वश में होते हैं उन पर ये दवाएं ये गोलियां असर नहीं करती, फैजान की बात पर अफक रिएक्ट करते हुए कहता है तुम्हारे कहने का क्या मतलब है बेटा, तभी फैजान मन ही मन कहता है बेवकूफ अब देखो कैसे मैं आग भी तेरे परिवार में लगाकर हाथ भी तेरे पैसों से सेकता हूं, और फिर सोचते हुए वह अफक से कहता है अरे ओ ओ मैं कह रहा था कि आप बहोत भोले हो बड़े पापा आपको पता ही नहीं कि आपकी बेटी को कुछ तो हो जाता है बीच बीच में कोई शैतानी शक्ति बेचारी जिया को परेशान करती है लेकिन आपको पता ही नहीं मुझे साकिर की अम्मी ने बताया कि कैसे वह खुद को चोट पहुंचाई है और इसलिए रिपोर्ट में जिया के ही फिंगर प्रिंट्स आए हैं उन्होंने तो बस पुलिस वालों के कारण जिया की और खानदान की जो इज़्ज़त दांव पर लगने वाली थी उससे बचाने के लिए ऐसा किया है और इस लिए उन्होंने अपना नाम अपने आप को पुलिस के हवाले कर दिया है, फैजान ने ये बात बोलकर जिया के अब्बू को पूरी तरह भड़का दिया था अफक के लिए फैजान की झूट सौ सच्चों के बराबर थी और उन्होंने बड़ी आसानी से उसके झूट पर यकीन भी कर लिया , फिर धीरे से अपनी दाढ़ी सहलाते हुए बोले बात तो तुम्हारी सही है बेटा मैं उसे मेरे खिलाफ होते हुए नहीं देख सकता मैं तुम्हारी बात पर गौर जरूर करूंगा,

अब अफक के मन में फैजान के द्वारा बोए गए बीज की आशंका पनपने लगी थी जिया के ऊपर किसी काले साए की बात पूरे एरिया में तेजी से फैला दी गई और वह सनसनी खेज रिपोर्ट बनकर लोगों द्वारा अफक के पास आने लगी जिसको मोहरा बनाकर जिया की सौतेली मां ने एक बड़ी जाल बिछाई और जिया पर ये काली शक्ति की अफवाह को सच करने में लग गई, जिया के पिता जी पढ़े लिखे होने के बाद भी आत्मा जैसी काली शक्ति और अंधविश्वासों पर विश्वास किया, जिसका परिणाम कुछ ही दिनों बाद उनके

सामने आ गया , लेकिन उन्होंने अपनी निडर निर्भीक बेटी जिया पर तनिक भर विश्वास नहीं किया, जिसके कारण जिया ने अब्बू जान से काफी दूरियां बना ली और खुदको मल्टी टैलेंटेड बनाने पर मजबूर हो गई!

अब वह सब कुछ छोड़ कर अपनी मॉडलिंग के कैरियर पर फोकस करने लगी, जिससे कि शादी का भूत भी घर वालों के सर से उतर जाए!

और वह अपने उस लक्ष्य के बहोत निकट पहोंच गई परन्तु ना जाने उसका कैसा लक्ष्य था जिससे वह अभी भी दूर और अनजान थी, एक दिन जब वह मॉडलिंग एजेंसी के टॉप मॉडल कंप्टीशन मे भाग लेती है, और उस दिन वह बहोत खुश थी कि उसका कंप्टीशन है जिसकी वजह से उन दिनों वह व्यस्त हो गई थी वह स्वयं जॉब कर के ही सेविंग किए पैसों से मॉडलिंग कर रही थी उसी संध्या को एक दिवस पहले वह ऑफिस से

निकलने के बाद घर जाने के लिए जब रिक्शा को हाथ देने लगी और जल्दी से घर पहोंचने के लिए रिक्शा में बैठ कर निकल पड़ी, परन्तु दुर्भाग्य से उस रिक्शा वाले ने रात्रि के इस समय मे भी मदिरा पी रखी थी, रिक्शावान ने एक पेड़ से ले जाकर अपने रिक्शे को टक्कर मार दी जिसके कारण उसे काफी चोट आया और जिया को सुरक्षित ऑटो रिक्शा से बाहर निकाल लिया गया, जिया तो बच गई पर ड्राइवर घायल दिखा तो उसे अस्पताल भेज दिया गया , जिसके चलते जिया को भी घर पहोंचने के लिए काफी देर हो रहा था, अब इतनी रात में दूसरा रिक्शा मिलना भी मुश्किल हो गया था तो जिया ने पहले अपनी सौतेली मां से पूछने के बाद अपने एक अच्छे मित्र को उसे पिक अप करने के लिए वहीं बुला लिया!

जिसका नाम रहीम था, वैसे तो वह काफी सुलझा हुआ

लड़का था पर आज की समाज किसी को वैसे ही कहां रहने देती है! जिया थोड़ी देर नर्सिंग होम में बैठकर इंतजार करती है और तब तक रहीम वहां आ जाता है,

पहले तो रहीम जिया से कहता है जिया तुम्हारा ये नर्सिंग का कोर्स कितने दिन का है, जिया रहीम के प्रश्न का उत्तर देते हुए कहती है थ्री मंथ्स और करने रह गए हैं पर क्यों? आई मीन क्यों पूछ रहे हो तुम ये?

तभी रहीम बाइक को टर्न लेकर ब्रेक लगा देता है और फिर कहता है क्यूंकि मैं सोच रहा था मेरी बहन का भी लगा दूं, तुमसे थोड़ी छोटी है वो! तभी जिया बाइक से उतरते हुए कहती है हां अच्छा है क्या नाम है सिस्टर का? सना, ये लो तुम्हारा घर आ गया जिया अब मैं चलता हूं, रहीम जिया की ओर मुड़ कर बोला, तभी जिया रहीम से कहती है अरे खाना तो खाके जाओ मैं ने अपनी अम्मी से बात भी कर ली थी, पहले तो रहीम जिया के व्यवहार से बहोत खुश होता है और थोड़ा हंसते हुए कहता है अरे नहीं जाना जरूरी है कुछ जरूरी काम है चाचू का कॉल आ गया था, इतना कहते ही रहीम वहा से निकल जाता है!

जिया ओके बोलकर आगे बढ़ती है पर उससे पहले अचानक वहां पर राक्षस अर्थात साकिर आ जाता है, और फिर वह पहले तो आंखें फाड़कर जिया को देखता है और फिर बिना कुछ पूछे पहले जिया को गालों पर दो थप्पड़ मरता है फिर दांतों को पीसते हुए कहता है तू हमारी इज्जत का नीलाम करने आई है! क्या समझ रखा है तूने मुझे हां? पिछली बार तू तो बच गई बार बार

पर इस बार कैसे बचेगी, ?

जिया राक्षस समान साकिर को दूर से देख कर ही कांपने लगती थी क्यूंकि वह बचपन से इमोशनल टॉर्चर और उस का शारीरिक शोषण करता आ रहा था,

फिर तो जिया के लिए ये कोई नई बात नहीं थी लेकिन

इस बार कुछ देर बाद ही सही जिया ने अपने रास्ते बदलने की सोच रखी थी क्यूंकि वह इस बार समझ गई थी जब शाकिर राक्षस जिया को बाल पकड़कर घसीटता रहा और ये सब देख लोग और जिया का पूरा परिवार वहां चोक पे उपस्थित हर व्यक्ति जिया का साथ देने के लिए उसे बचाने के लिए आगे नहीं बढ़ा पर उसी भीड़ में सबको धक्का देते हुए एक युवा दिखने में यही कोई तीस से बत्तीस साल का था पर दिल का बड़ा चंगा था, अचानक उस भीड़ में घुसते हुए उसने पूछा अरे ये कौन है क्यूं मार रहा है ये इस लड़की को और वह लपक कर

शाकिर का सामने से कॉलर पकड़ कर धक्का देता है फिर उस जिया के पास जाकर अपनी शर्ट के ऊपर का ओवर कोट उतार कर जिया के कपड़े पर डाल देता है,

और फिर धीमी आवाज में कहता है आप कौन हैं और ये इतनी रात में आपको क्यूं मार रहा है? तभी जिया उस अजनबी व्यक्ति का अच्छा आचरण देख उससे कहती है मैं इसकी छोटी बहन हूं आप इसे जाने दो मैं इसे ख़ुद कंप्लेन करूंगी और अब नहीं सहूंगी इसके अत्याचारों पर से पर्दा उठावूंगी , इससे पहले कि जिया की बाते पूरी होती वह अजनबी बोल पड़ता है, पर तुम पुलिस स्टेशन जाओगी कैसे आपको ठीक लगे तो हमारी गाड़ी में चल सकते हो आगे ही आपको पुलिस स्टेशन पर ड्रॉप कर दूंगा! जिया के पास उसके सिवा और कोई रास्ता नहीं था इसलिए उसने अपने शुभ चिन्तक की बात मान ली और फिर ओवर कोट संभालते हुए उठी उसके साथ जाकर गाड़ी में बैठ गई! थोड़ी ही देर में वो दोनों पुलिस स्टेशन पहुंच गए और तभी वह अजनबी जिया से कहता है पुलिस स्टेशन आ गया है अब आप जा सकते हो, आई एम सॉरी मैं इसके आगे आपके साथ नहीं जा सका, क्यूंकि मेरी आई घर पर मेरा इन्तजार कर रही है और इस बार तो नहीं पर अगर फिर मौका दिया आपने तो फिर आपकी मदद जरूर करेंगे! उस शुभ चिन्तक की बातों से जिया इतनी प्रभावित हुई कि उसे अब बस एक नज़र में ही प्यार हो गया था और वह प्यार का रंग ऐसा रंग लाया कि पल भर में वह उदास मुरझाया फूल अचानक खिल उठा वह मुस्कुराते हुए आगे चलकर गाड़ी के कांच से अन्दर गाड़ी झांकते हुए बोली अरे सुनिए अपनी ये ओवर कोट तो लेते जाए पर उस शुभ चिन्तक को इतनी जल्दी जो थी बोल पड़ा वो वो तो आप मुझे कल दे देना, उसी समय जिस समय आज मिले और मिलना है तो मोबाइल नंबर ले लो मेरा, ओके बाय गुड नाईट! इतना कहकर वह तेजी से गाड़ी को टर्न लेकर वहां से निकल जाता है जिया मन ही मन खुश हो गई कि अच्छा है जाते जाते नंबर दे गए अब मैं उन्हें कॉल करके

बुला कर उनका ओवर कोट दे दूंगी!

और उस दिन जिया के जीवन में एक ऐसे शौर्य का आगमन हुआ जिससे जिया की जिंदगी में सूर्योदय हमेशा के लिए समाप्त हो गया !

बेचारी जिया उसी दिन से सपने सजाने लग गई कि उसकी जिंदगी में कोई बदलाव आएगा पर उसे क्या पता वह बदलाव उसे ही बदल देगा!

जिया उसे ही सोचकर मुस्कुरा रही थी अचानक अपने जेब में हाथ डालकर अपना फोन ढूंढने लगी पर वह तब

भूल गई थी कि उसका फोन उसके पास नहीं है अचानक उसे तभी याद आता है कि उसका फोन तो राक्षस ने पहले ही छीन लिए थे, लेकिन अब जिया के पास कोई रास्ता नहीं था कि वो अपनी दोस्त भागेश्वरी को ढूंढ सकेगी क्यूंकि जिया की दोस्त भागेश्वरी को तो साकिर और उसके परिवार वालों ने उसे जिया के फोन से मैसेज कर के घर की लोकेशन पर बुलाया, जिया के कंप्लेन करने के बाद पुलिस ने एक्शन लेते हुए पहले जिया के परिवार को उठाया और फिर उन्होंने राक्षस से भागेश्वरी को भी बचा लिया, फिर जिया और उसके परिवार वालों के बीच ये समझौता कर दिया गया कि

उस दिन से वह कभी अपने घर में यदि सुरक्षित नहीं रहती है तो वह अपनी सुरक्षा हेतु अपनी मर्ज़ी के अनुसार अपने परिवार वालों को छोड़ सकती है! जिया

भागेश्वरी के आने पर भागते हुए उससे जाकर गले लग जाती है, और उसी दिन से वो दोनों सहेलियां एक साथ रहने लगती हैं!

आज एक महीने बीत चुके हैं एक छोटे से होटल में काम करके वह दोनों अपना जीवन जी रही हैं वहीं दूसरी ओर उसका शुभ चिन्तक शौर्य भी उनका साथ दे रहा है , एक दिन जिया और भागेश्वरी बैठ कर उनके कमरे में कुछ डेकोरेशन कर रही हैं तभी अचानक शौर्य आ जाता है और वह उनसे अंदर आने के लिए पूछता है, जिया धीरे से सर हिलाती है और वह उसे हां समझ लेता है अन्दर आने के बाद वह खुशी से मुस्कुराते हुए कहता है देखो भेगेश्वरी के लिए एक विशेष मौका है कि उसका डांस मॉडलिंग एजेंसी वालों को बहोत पसन्द आई है और वह इसे एक मौका देना चाहते हैं उनके

एनुअल फंक्शन के लिए!

शौर्य पूरी बाते बोल पाया भी नहीं था कि उतने में जिया खुशी से उछल कर भागेश्वरी को गले लगा लेती है, और इस प्रकार वह खुशियों के माहौल में इतने व्यस्त हो जाती हैं कि वह देख समझ नहीं पाती हैं कि ये शौर्य नामक शुभचिंतक उनका असली दुख का कारण बनेगा!

उसका नाम शौर्य था पर वह किसी सैलाब से कम ना था एक ही मुलाकात में उसने दिल जो जीत लिए दूसरी ओर मॉडलिंग एजेंसी का पार्टनर जो था और जिया भी उसी फील्ड में थी इस लिए उसने प्यार का

अच्छा खेल रचा, जिसके चलते उसने उसी दिन से वह जिया से पूरी रात बात करता और एक दिन बात करते करते उसने अपने प्यार का इज़हार कर दिया और जिया तो उसके प्यार में पड़ ही चुकी थी वह उस सैलाब से प्यार कर बैठी थी जिसमे भीगे बिना वह डूब गई, और इस प्रकार दोनों एक दूसरे से बाते करते हुए सो गए अगली सुबह जिया ने शौर्य से कहा सौर्य क्या तुम मेरी एक छोटी सी मदद कर सकते हो मुझे दरगाह जाना है हाजी अली दरगाह मुंबई, तभी जिया की ओर देखते हुए शौर्य कहता है हां क्यों नहीं बिलकुल, पहले तो भागेश्वरी क्षण भर के लिए ये समझी कि शौर्य सच में वहां आया होगा जिसे देख जिया बाते कर रही है पर जैसे ही वह जिया के निकट गई उसने देखा कि ये तो वीडियो कॉल पर बात कर रही है, और यह देख वह रूम में चली जाती है, देखते ही देखते अगले दिन

ये लोग सुबह सुबह हाजी अली पहुंच गए, और वहां पहुंचने के बाद जिया दोनों से कहती है सुनो भागेश्वरी

तुम मेरे साथ लेडीज साइड पर चलो और आप शौर्य बॉय साइड पर चले जाओ और हां मन्नत मांग लेना, यहां मन्नतें पूरी होती हैं,

इतना कहकर जिया भागेश्वरी के साथ जाकर मन्नतें मांगने लगती है, उधर भागेश्वरी अपने दादा की हेल्थ केयर की मन्नतें करती है और इधर शौर्य मन्नत मांगने के बाद जिया की ओर बढ़ कर उसे देखने लगता है फिर वह तीनों वहां से निकल कर बाहर आ जाते हैं और तभी जिया के हाथ में धागा बांधते हुए पीर बाबा कहते है आज क्या मन्नत मांगी

बेटी आपने, आज जो भी मन्नत मांगी है ओ पूरी हो जाएगी, तभी बाबा के हाथ से धागा लेकर शौर्य वह धागा जिया के हाथ पर बांधने लगता है ये देख जिया पहले तो मुस्कुराती है फिर मन ही मन कहती है तो जनाब को जलन भी होती है प्यार में, तभी अचानक भागेश्वरी बोल पड़ती है वैसे आज क्या क्या मांगा तूने मन्नत में, तो जिया शौर्य की ओर देखते हुए बोल पड़ती है मैने तो मांगी कि मुझे एक ऐसा हमसफर मिले जो मेरे पास रहे या ना रहे पर वो मेरे साथ हमेशा रहे!

जिया की ओर देख कर शौर्य पहले तो मुस्कुराता है फिर दूसरी ओर देख कर लंबी सांस लेता है, वो तीनों जाकर गाड़ी में बैठते ही फिर ट्रैवेल करने लगते हैं इधर भागेश्वरी जिया की कानों में धीरे से कहती है अरे जिया इसके सामने क्यों बोल रही है तू मैंने सुना है कि यदि अपनी मन्नत जिसके लिए मांगी गई हो वही सुन ले तो मन्नत अधूरी रह जाती है, जिया भागेश्वरी को धागा बांधते हुए फिर कहती है क्या भागेश्वरी ये पावरफुल चश्मा लगा कर कम से कम अंधविश्वास तो मत करो! जिया की बातों का भागेश्वरी रिप्लाई करते हुए कहती है अरे यार सॉरी तेरी जो भी मन्नत है सही ट्रैक पर है तू लगता है तुझे पहली नजर वाला प्यार हो गया है, धन्य है ऊपर वाले का मैं तो सिंगल ही बहोत खुश हूं, ! तभी जिया भागेश्वरी के सर पर धीरे से पुचकारते हुए कहती है, पागल है तू कुछ भी सोचती है, ऐसा कुछ नहीं है!

दोनों एक दूसरे से बाते करके मस्त थी तभी शौर्य कहता है आप दोनों अकेले में मस्त हो और मैं क्या करूं मैं तो आगे सीट पर अकेले बोर हो रहा हूं आप आगे नहीं आ सकते क्या जिया हमसे भी थोड़ी मस्ती कर लो, फिर जिया शौर्य की बात पर शर्मायी निगाहों से कहती है मैं आपके बगल में कैसे आ जाऊं शौर्य, तभी शौर्य गाड़ी रोक देता है और फिर जिया का हाथ पकड़कर उसे आगे सीट पर खींचते हुए कहता है ऐसे और कैसे !

शौर्य अचानक जिया के कमर पर हाथ रखकर उसकी ओर लपक कर झट से जिया के चेहरे को चूमते हुए उसके होठों पर किस कर लेता है और उसे एकदम से अपनी बाहों में भर लेता है, उसी दिन से उस समय को जिया अपने उस दिन उस साल और उसकी जिंदगी से कभी निकाल नहीं पाती तभी से वह एक याद एक अहसास उसकी जिंदगी में

कैद हो गई वह शौर्य को अपने दिलों दिमाग से निकलना चाहती है पर शायद ना चाहते हुए भी वह इस इश्क की राजदा बन जाती है।

कई मुद्दातों के बाद फिर इश्क होता है,

जिस इश्क के खातिर कोई दिन रात रोता है

उनसे क्या पूछते हो इश्क के बारे में जनाब

जिनके लिए इश्क मंदिर चाभी हर भक्त होता है!

कहते हैं इश्क में इजाज़त लेनी चाहिए पर यहां तो शौर्य ने बिना इजाज़त के जिया की मोहब्बत का फैसला ले लिया।

धीरे धीरे शौर्य ने उसे अपना प्रेम पुजारी बना लिया और फिर वह एक पुजारी से गुलाम बन गई।

आज सात महीने बीत चुके थे और एक समय ऐसा आया कि एक दिन जिया, शौर्य और उसका एक क्लॉज फ्रेंड दीपक तीनों एक साथ बैठ कर एक पार्टी एंजॉय कर रहे थे तभी अचानक शौर्य का फोन बजता है, जिया सब कुछ देख रही थी कि कैसे फोन आते ही ये पहले की तरह आज भी फोन लेकर बात करने के लिए बाहर चला गया तो वह दीपक से कहती है किस का फोन है सब ठीक है ना, दीपक जिया की ओर से टेबल पर ड्रिंक के सामने रखे चने को उठाकर हाथ में लेकर चबाते हुए कहता है क्या यार सिंपल है एक ही इन्सान का फोन होता है तो ही वह बालकनी में बाहर

जाता है उसकी काशी बाई उसकी पत्नी! जिया दीपक की बातें सुनकर एक टक शौर्य को देखते रह जाती है, उसके पैरों के नीचे से मानव जमीन खिसक गई हो, उसके बाद वह ये बाते सुनकर भीतर ही भीतर इतना टूट गई कि उस दिन से उसने शौर्य को भुलाने का ठान लिया!

और उसने शौर्य और उसके रिश्ते से समझौता कर लिया पर वह चाहकर भी उसे भूल नहीं पा रही थी,

वह जाकर अपने कमरे में लेट कर रोती रही और कमरे का दरवाज़ा खुला रह गया वह डोर क्लॉज करना भूल गई उधर दूसरी ओर शौर्य पूरी रात उसका इंतज़ार करके बाहर अंधेरी रात में बैठा रहा, अंत में उसका सहन टूटा और वह चोरी छुपे उसके फ्लैट जाकर

जिया के कमरे में पहुंच गया उसने अन्दर से दरवाजा बंद कर ली और रोती जिया को उठाकर गोद में ले लिया, जिया उसे अचानक वहां देख घबरा गई और फिर उसकी गोद से नीचे उतर गई पहले तो उसने जिया को रोकने के लिए उसका हाथ पकड़ा पर जब जिया ने हाथ छुड़ा दिया तो शौर्य ने आगे बढ़कर उसे अपनी बांहों में भर लिया, इतना प्यार देख कर तो मूर्ती में भी जान आ जाए फिर जिया तो प्यार में पड़ी एक कठपुतली थी, जिसके बाद वह किसी दबाव के कारण

सुरेश को वापिस खोना नहीं चाहती थी इसलिए उसने अपनी और शौर्य की जिन्दगी को एक नए सिरे से जीना शुरू कर दिया, उसके बाद कई महीने बीत गए एक दिन किसी कारण वश उन दिनों उन के बीच लड़ाई हो गई और ये सब देख जिया अपने भविष्य को लेकर चिंतित हो उठी, उसी दिन जिया को शौर्य के प्यार को परखने का ख्याल आया तो उसने शौर्य से कहा ओ कुछ दिनों के लिए अपने परदेस उत्तर प्रदेश जाना चाहती है लेकिन शौर्य ने बिना कुछ कारण पूछे जाने के लिए हां कर दी , जिसकी उम्मीद जिया ने बिल्कुल नहीं की थी , गुस्से में जिया को कुछ समझ नहीं आ रहा था,

फिर उसने सोचा कि अगर शौर्य प्यार करता है तो वह उसे जाने से पहले तो एक बार जरूर रोकेगा, यही सोच कर वह यू पी जाने लगी, शौर्य मिलने भी आया परन्तु उसने रोकने की जरा सी भी कोशिश नहीं की, अब जिया का गुस्सा और भी बढ़ रहा था वह अब और वहां रुकना भी नहीं चाहती थी क्यूंकि अपना सेल्फ रिस्पेक्ट भी उसने शौर्य के हाथों में दे दी थी जो वह शौर्य को समझना चाहती थी, परन्तु वह अपनी स्वार्थ से परिपूर्ण हो चुका था अब उसे किसी को मनाने की क्या जरूरत थी! आखिर कार जिया उत्तर प्रदेश जाने के लिए एयर पोर्ट पहोंची वहां तक भी शौर्य साथ गया और वहां भी उसने जिया को जाने से नहीं रोका, जिया अब अपने प्यार में नाकामियाब हो चुकी थी , इसलिए चले जाना ठीक समझा उसने सोचा जब तक वह शान्त नहीं हो जाती वह कुछ समय बाद वापस आ जायेगी , आज भी जिया की तड़प वैसे ही थी जैसे कुछ समय पहले थी

वह अब सब कुछ बदल देना चाहती थी पर अब बदलती भी तो क्या उसके परदेश पहोंचते ही समय खुद सब कुछ बदल चुका था, संध्या का समय था वह ऑफिस से निकल रही थी , और उधर मोहिनी शौर्य की पत्नी उसके फोन पिक करने का वेट कर रही थी, जैसे ही जिया ऑफिस से घर पहोंची उसने इतने सारे मिसकॉल, जिया एकदम से घबरा गई और झट से शौर्य को कॉल किया परन्तु पहला फोन शौर्य ने रिसीव नहीं किया फिर एक बार और रिंग बजी तो उसने कॉल उठाया, उसने कॉल पर जिया से पहले ही बोल दिया,

अगर तुम मुझसे बात करना चाहती हो तो ये बिलकुल नहीं हो सकता आज के बाद मुझे कॉल या मैसेज कर के दोबारा परेशान मत करना समझी, जिया शौर्य की ये बातें सुनकर रो पड़ी और घबरा कर पूछा पर क्यों शौर्य क्या हो गया ऐसा कि तुम , जिया की बात पूरी भी नहीं हुई थी कि शौर्य फिर बोल पड़ता है कब तक बेशर्मी दिखाओगी मेरी वाइफ से सुनना सुनाना या करना करवाना रह गया क्या जो भी है अब क्लियर है कि मेरे बीवी बच्चे हैं मुझसे दूर रहो और आज के बाद तुम तुम्हारे वास्ते हम हमारे वास्ते!

जिया को अपनी हालातों पर और शौर्य की बातों पर विश्वास नहीं हो रहा था कि भगवान उसके साथ ऐसा कर सकता है?

जिया इस बार इस कदर टूटी थी कि दुनिया का कोई अट्रैक्शन उसे अब दिल के निकट नहि ला सकता था लेकिन जिया ने खुद को फिर भी संभाला और फिर शौर्य से कहा रुको सुनो बस एक बार मिल लो मुझ से मैं उसके बाद खुद से तुमसे बहुत दूर चली जाऊंगी प्लीज़ सिर्फ एक बार, इतना कहते हुए वह चीख दबाकर रो पड़ी और बिलखते हुए बोली सिर्फ एक बार,

शौर्य ने पहले तो कॉल कट कर दिया और फिर थोड़ी देर बाद कॉल कर के बोला ठीक है बोलो कहां मिल रही हो, तो जिया ने कहा मैं पुणे में स्वामी नारायण मन्दिर,भगवान के समक्ष!

शौर्य जिया को ओके बोलता है और कॉल कट कर देता है, जिया स्वामी नारायण मन्दिर पहोंच कर शौर्य को कॉल करती है और जैसे ही वो मिलता है जिया उससे पूछती है कि मुझ में ऐसी कोन सी कमी रह गई थी कि

तुमने बिना कुछ सोचे समझे मेरा दिल तोड़ दिया और वो सब तो खैर क्या ही बोलू पर इतने नीच हो सकते हो तुम मैंने सोचा भी नहीं था अगर प्रेम निभा नहीं सकते तो ढोंग क्यों किया बोलो मेरे पास क्यों आए थे मेरे दिल को खिलौना बना दिया तुमने छी लानत है तुम पर, इतना कहते हुए वह टूटकर रोने लगी और उसे संभालने के लिए उसके दोस्त आ गए परन्तु वह अपने दोस्तों का हाथ छोड़ कर अपने कोट नीचे फेंक देती है और रोते हुए वहां से चली जाती है, मगर वहां किसी ने इन सारे अत्याचारों पर उंगली नहीं उठाई जितना समाज उन जिया जैसी मासूम लड़कियों पर उंगली उठा देती है,

कहावत सही है जिसे मेरे रोने से फर्क नहीं पड़ता उसे मेरे होने ना होने से क्या फर्क पड़ेगा।

जिया इतना सोचते हुए अपनी प्रेम कथा समाप्त कर देती है, आज भी जिया के जैसी मासूम लड़कियां जज्बातों के दावों पेंच का शिकार हो रही हैं!

www.ingramcontent.com/pod-product-compliance
Lightning Source LLC
LaVergne TN
LVHW041541070526
838199LV00046B/1781
* 9 7 8 9 3 5 8 1 9 6 8 2 5 *